KB072566

전능의 팔찌

THE OMNIPOTENT BRACELET

김현석 현대 판타지 소설
FUSION FANTASTIC STORY

전능의 팔찌 37

김현석 현대 판타지 소설

초판 1쇄 찍은 날 § 2014년 5월 27일
초판 1쇄 펴낸 날 § 2014년 6월 4일

지은이 § 김현석
펴낸이 § 서경석

편집부장 § 권태완
편집책임 § 박은정

펴낸곳 § 도서출판 청어람
등록번호 § 제387-1999-000006호
등록일자 § 1999. 5. 31
어람번호 § 제1-1861호

주소 § 경기도 부천시 원미구 부일로 483번길 40 서경B/D 3F (우) 420-822
전화 § 032-656-4452 팩스 § 032-656-4453
http://www.chungeoram.com
E-mail § E-mail § chungeorambook@daum.net

ISBN 979-11-316-9051-2 04810
ISBN 978-89-251-2596-1 (세트)

전능의 팔찌

THE OMNIPOTENT BRACELET

37

FUSION FANTASTIC STORY
김현석 현대 판타지 소설

CONTENTS

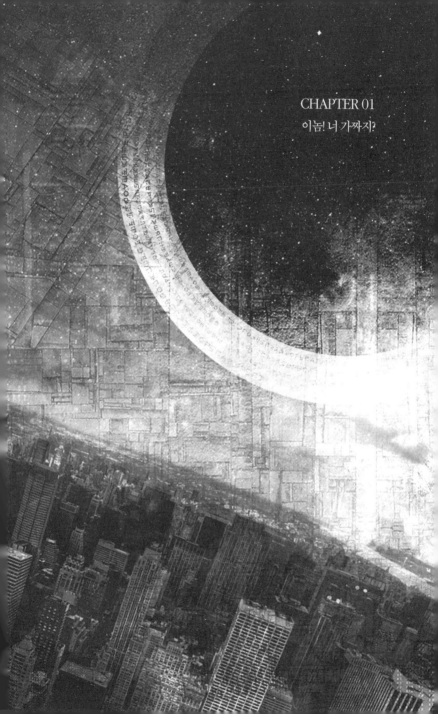

CHAPTER 01
이놈! 너 가짜지?

"이, 이런 개 같은⋯⋯! 이이잇!"

바닥에 쓰러졌던 더글라스가 벌떡 일어나며 다시 한 번 검을 휘두른다.

현수에게 선공을 양보했던 건 완전한 실수였다.

정신을 차릴 수 없을 정도로 엄청나게 빠른 공격의 연속이었기 때문이다.

처음엔 당황스러웠지만 두어 차례 막아냈다. 그런데 그 뒤부터는 하나도 막을 수가 없었다.

현수의 검면은 더글라스의 볼기짝을 갈기고, 뺨을 때렸으며, 어깨를 두들겼고, 등짝을 후려 갈겼다.

검날을 사용했다면 아마도 지금쯤 잘게 베어진 고깃덩어리가 되어 있었을 것이다. 그러는 동안 더글라스는 아홉 번이나 자빠졌고, 일곱 번이나 엎어졌다.

현수는 공격을 하면서 '어깨가 비었어', '검을 너무 세게 잡고 있으니 공격방향을 바꾸기 어렵잖아' 등등 비꼬는 말을 연속적으로 해댔다.

자존심이 상한 더글라스는 온 힘을 다해 양패구상의 수까지 썼다. 비장의 한 수로 감추고 있던 수법이다.

지금껏 이 수법으로 많은 적을 패배시켰다. 하지만 이번엔 아무런 소용도 없었다. 살을 주고 뼈를 깎는 수법이었지만 현수는 너무도 쉽게 피해내곤 반격했다.

그런데 아주 치욕스런 반격을 받았다. 아주 세게 엉덩이를 걷어차인 것이다.

공교롭게도 항문을 가격당해 더글라스는 두 손으로 엉덩이를 감싼 채 제자리에서 펄쩍펄쩍 뛰어오르는 추태를 보여야 했다. 견딜 수 없는 통증 때문이다.

이를 악물고 다시 검을 집어 들었다. 그리곤 현수의 목을 기어코 베어내고야 말겠다는 생각으로 검을 휘둘렀다. 하지만 소용이 없었다.

"바보! 그런 수를 쓰려면 하체의 힘을 더 길러야지!"

"어이구, 멍청하기 이를 데 없구만! 엉덩이를 빼고 그러면 그게 무슨 소용이 있어?"

"아이구, 두야! 이럴 땐 허리의 반동을 이용해야지. 너 생각 없이 살지? 혹시 저능아 아냐?"

"헐! 이것도 검이라고 휘두른 거야? 너 어깨 위에 있는 그건 머리가 아니라 짱돌이지?"

현수가 내뱉는 말들은 더글라스의 분노를 자극하기에 충분하고도 남았다. 수학적 표현을 쓰자면 필요충분조건이 완벽하게 갖춰진 말이었다.

분노한 더글라스는 성난 멧돼지처럼 온 힘을 다해 검을 휘둘렀다.

하지만 아무런 소용도 없었다. 현수의 신형은 검과 불과 1~2㎝ 차이로 번번이 빗겨 나가곤 했던 것이다.

그러면서 다리를 걸거나, 여기저기를 걷어찼다. 싸대기를 때리기도 했고, 뒤통수도 여러 번 가격했다.

더글라스는 너무도 화가 나 머리에서 김이 날 지경이었지만 상황은 조금도 바뀌지 않았다. 그러는 동안 체력고갈 현상이 빚어졌다.

"이, 이런 개 같은……!"

"성질 나? 그러게 평상시에 수련을 게을리하지 말았어야지. 이러고도 기사 소리를 들으니 좋아? 갑옷이 아깝다. 쯧쯧!

더 망신당할래? 수련에 힘쓸래? 나 같으면 하루 종일 연무장에서 살겠는데, 안 그래?"

"이이이익—!"

콰당—!

분노에 겨워 소리를 지르려던 더글라스가 뒷목을 잡고 자빠져 버린다. 성질을 못 이겨 혼절한 것이다.

"쯧쯧! 성질머리하고는……. 기사라는 놈이! 쯧쯧쯧!"

검을 거두며 한마디 하는데 누군가 끼어든다.

"보아하니 용병인 것 같은데 감히 우리 조장님을 모욕하고도 괜찮을 것 같은가?"

"……?"

고개를 들어보니 더글라스가 인솔해 가던 기사들이다.

인원은 정확히 60명이다. 모두가 성난 눈빛으로 현수를 노려보고 있다.

조장에게 견딜 수 없는 치욕을 선사한 것에 대한 공분을 느끼는 모양이다.

"쯧쯧! 여기 자빠져 있는 이자의 수하들인 것 같군. 명색이 기사이니 한꺼번에 덤비진 않을 것 같고……."

현수는 잠시 말을 끊고 기사들을 둘러보았다. 너희의 의중은 어떠하냐는 표정이다.

당연히 기사들은 합공할 마음이 없다는 듯 일제히 한 발짝씩 물러선다. 하지만 딱 한 명만은 그러하지 않다. 신장 195㎝에 몸무게는 150㎏ 정도 되어 보이는 근육질이다.

"그쪽이 이 오합지졸의 부두목인 거야?"

현수는 슬쩍 상대를 도발하는 말을 했다.

당연히 모두들 분노한 눈빛으로 바라본다. 하지만 아직 아무도 검을 뽑지는 않았다.

"너는 무엇보다도 명예를 중시하는 기사에게 씻을 수 없는 모욕을 주었다. 나는 우리 팀의 부팀장으로서 네게 도전한다. 받아들이겠느냐?"

"부팀장? 팀장도 졌는데 겨우 부팀장이……? 나야 뭐……! 좋아, 도전을 허락한다."

스르릉!

말 떨어지기 무섭게 검을 뽑아 든다. 형형한 눈빛을 빛내는 것으로 미루어 짐작컨대 방금 전 상대했던 더글라스와 최소 호각지세는 이룰 실력은 가진 듯하다.

그러거나 말거나 말을 이었다.

"단! 져도 울지 마라. 나는 덩치 큰 사내가 찔찔거리는 건 못 봐주거든."

"…그러지! 미리 말하지만 내 검엔 눈이 없다. 각오해라."

"오케이! 아니, 알았다, 그럼 덤벼 봐."

"검을 뽑아라! 나는 무기가 없는 자를 상대하지 않는다."

부팀장이라는 이 사내는 본인이 기사라는 걸 꿈에서도 잊지 않은 듯싶다.

"그건 니가 걱정 안 해줘도 돼! 덤벼!"

현수가 둘째손가락을 까딱까딱거리며 도발하자 부팀장은 잠시 망설이는 듯한 표정이다. 어디를 어떻게 공격할 것인지 생각한 것이다.

"네놈이 자초한 일이다. 받아랏!"

쉐에에엑—!

단숨에 왼팔을 베어 내겠다는 듯 횡으로 쓸어온다.

제법 빠르고 기세도 강하다. 하지만 사정권 안에 들지 않으면 아무런 소용도 없는 수이다.

현수는 슬쩍 뒤로 한 걸음 빠지는 듯하다 다시 앞으로 숙였다. 부팀장이 휘두르는 검의 바로 뒤를 따라 안으로 파고든 것이다.

부팀장은 상대가 이토록 쉽게 검을 피할 것이란 생각을 하지 못했는지 당황한 표정을 지으면서도 얼른 검을 멈춰 반대로 쓸어버리려 했다. 하지만 현수가 누구인가!

찰싹—!

부팀장의 뺨따귀를 갈긴 현수가 뒤로 물러서는 순간 진행 방향을 반대로 바꾼 검이 쇄도한다. 이번엔 슬쩍 주저앉았다가 일어섰다. 그리곤 왼 주먹으로 부팀장의 복부를 갈겼다.

느닷없는 충격에 순간적으로 호흡이 끊긴 바로 그 순간 다시 주저앉은 현수의 다리가 바닥을 쓸었다.

퍼억—!

콰당탕! 챙그랑!

갑작스런 충격에 모로 쓰러진 부팀장은 들고 있던 검을 놓친다.

"크으윽!"

"뭐 별거 아니네. 근데 그 수법이 먹힐 거라 생각했나? 이렇게 쉽게 피하고 반격할 수 있는데. 봐, 난 검도 안 뽑았잖아. 안 그래? 그 실력이면 부팀장이 되는 거야?"

"이이잇!"

얼른 검을 주워 든 부팀장이 이번엔 세로로 베어온다.

반보 옆으로 비켜섰다가 원위치하는 사이에 검은 허공을 벤다. 그와 아울러 부팀장의 상체 전부가 허점으로 드러난다.

현수는 이번엔 돌려차기를 시도했다.

휘이익—! 퍼억—!

"크으윽!"

콰당탕—!

"으으으으!"

턱을 제대로 가격당한 부팀장은 일어서려다 다시 주저앉는다. 제법 충격이 컸던 모양이다.

"쯧쯧! 이 실력으로 부팀장을 하다니. 그럼 너희는……."

당장에라도 검을 뽑아 달려들 기세를 보이던 기사들은 현수와 시선이 마주치자 움찔거리면서도 물러서진 않는다.

"보아하니 제대로 된 스승이 없어 실력들이 일천한 거 같군. 좋아, 내가 친히 지도해 줄 테니 생각 있으면 덤벼 봐."

"뭐라고? 한낱 용병 따위가……!"

"이이잇!"

화는 나지만 팀장과 부팀장 모두 형편없는 몰골이 되어 쓰러져 있다. 허접하고 유약해 보이는 용병이 의외의 실력자라는 건 인정된다.

하지만 기사 체면에 물러설 수는 없다. 그리고 팀장과 부팀장의 체면도 있기 때문이다. 그리고 둘이 용병에게 패했다는 소문이 번지면 왕궁 근위기사단의 명예가 실추된다.

따라서 현수는 반드시 제압해야 할 인물이다. 그런데 누가 먼저 덤벼들 건지에 대한 건 결정된 바 없어 서로 눈치를 본다.

"아아! 서로 눈치 볼 거 없어. 그냥 덤벼. 너희쯤은 한 손으로도 충분하니까."

현수가 또 도발하자 모두들 발작적으로 이를 악문다.

"아! 안 덤빌 거야? 그럼 난 들어가고."

말을 마친 현수가 발을 떼어 왕궁 안쪽으로 움직이자 기사들이 일제히 앞을 가로막는다.

이곳은 왕궁이다.

신분이 확실치 않으면, 그리고 그럴 만한 자격이 없으면 아무나 마음대로 돌아다닐 수 없는 곳이다.

그리고 왕궁의 근위기사는 이런 행위를 막는 것이 임무이다. 그렇기에 현수의 앞을 가로막은 것이다.

"네 이놈! 여기가 어디라고 감히……!"

"어디긴? 미판테 왕국의 왕궁 아닌가?"

"그런 걸 알면서도 이런단 말이냐?"

"국왕이 보내온 초청장이 있으니 당연한 거 아냐?"

현수의 말에 모두들 흠칫거린다.

"국왕께서 보내신 초청장이라니 그, 그게 무슨 말이냐?"

기사들 중 제법 나이 들어 보이는 사내의 말이었다.

"저기 저놈 곁에 나뒹굴고 있는 저게 이 나라 국왕이 내게 보낸 초청장이지. 확인해 봐."

"…자, 잠시 기다려라."

나이든 사내가 모두들 경거망동하지 말라는 뜻으로 손을 번쩍 들었다. 이에 모든 기사가 뽑아 들었던 검을 집어넣는다. 사내의 뜻을 단번에 알아차린 것이다.

모두가 멈추자 나이 든 사내가 성큼성큼 걸어 팀장의 곁에 떨어져 있던 스크롤을 집어 든다.

잠시 내용을 살핀다. 그리곤 현수에게 시선을 준다. 모두의 시선이 쏠려 있다.

"네가… 아니, 당신이 하인스 백작님이신 겁니까?"

상대가 귀족이라면, 그것도 백작위를 가진 고위귀족 본인
이라면 기사가 함부로 대할 상대가 아니다.

그렇기에 말을 올린 것이다.

"그래! 그러니 안에 기별을 하든지, 아니면 안내해."

현수가 고개를 끄덕이자 사내가 현수의 아래위를 훑어본
다. 그런데 똥이라도 씹은 표정을 짓는다.

"으음! 믿을 수 없다! 솔직히 말해. 이거 어디에서 났지?"

사내 역시 팀장과 다를 바 없는 시선으로 현수를 노려본
다. 아무리 봐도 백작위를 가진 귀족 본인으로 보이지 않은
때문이다.

"허어! 나, 이거 참! 이것 봐! 날 안으로 안내해. 그럼 저절
로 알게 될 일 아닌가?"

"그건 안 될 말이지. 이곳이 어디라고 감히! 모두들 놈을
포위해라!"

"네! 알았습니다."

모든 기사가 현수를 포위한다.

60명이 겨우 한 명을 에워싼 채 노기 등등한 시선으로 바라
보는 상황이다. 하지만 팀장과 부팀장을 차례로 쓰러뜨린 실
력자라는 걸 잊지 않았기에 함부로 덤벼들진 못하고 있다.

잔뜩 긴장한 표정으로 현수를 노려만 볼 뿐이다.

"뭣들하나? 안 덤벼? 안 덤빌 거냐고?"

두어 번 반복해서 물었으나 아무도 대꾸하지 않고, 아무도 덤벼들지 않는다.

"그래? 그럼 할 수 없지."

현수가 발걸음을 옮겨 왕궁 안쪽으로 옮기자 기사들은 같은 걸음 수만큼 뒤로 물러난다. 물론 모두들 검을 뽑아 들곤 있지만 아무도 공격할 생각은 없는 듯하다.

그렇게 이십여 발자국을 걷던 현수가 그 자리에 멈춘다.

"허어, 이거 참 거치적거리네. 앞을 가려서 아무것도 안 보이지 않나? 안 덤빌 거면 길이나 비켜라!"

말을 마치곤 더 이상 봐주지 않겠다는 듯 성큼성큼 걸었다. 이번에도 다가간 만큼 물러선다. 그러던 어느 순간이다.

"모두 비켯! 야아압!"

혼절의 나락에 떨어져 있던 더글라스가 기합성을 터뜨리며 선불 맞은 멧돼지처럼 현수에게 달려든다.

"쯧쯧! 아직도 정신을 못 차렸군. 그렇게 하면 허리가 빈다니까. 야압!"

쉐에엑! 채엥! 퍼억ㅡ!

"크흑!"

와당탕탕!

더글라스는 달려들던 속도보다 더 빨리 뒤로 나뒹군다.

단숨에 머리를 두 쪽 내겠다고 내려친 검을 막은 뒤 옆구리를 사정없이 걷어찬 결과이다.

지독한 고통이 느껴졌지만 더글라스는 분노를 이길 수 없는지 버럭 소리를 지른다.

"크으윽! 뭐, 뭣들 해? 어서 놈을 제압해! 어서!"

"네?"

대체 무슨 뜻인지 명확히 해달라는 반문이다.

"합공하란 말이야! 모두 달려들어 놈을 제압해!"

"네? 아, 알았습니다."

"모두들 공격! 공격하라! 공격하라!"

"와아아아!"

기사는 명예를 몹시 중시한다. 그렇기에 어느 누구도 합공을 생각하지 않았다. 기사도에 어긋나는 일이기 때문이다.

그런데 상관의 명이 떨어졌다.

마땅히 보호해야 할 주군이 절체절명의 위기에 처했거나 누구나 인정할 정도로 감당할 수 없는 적을 만났을 때에는 합공을 해도 된다. 물론 상부의 명이 있어야 한다.

그런데 그 명령이 떨어진 것이다.

상명하복이 철저한 곳이 근위기사단이기에 모든 기사가 일제히 달려든다. 명이 떨어졌으니 이제부턴 명예에 흠집 나는 일이 아니기 때문이다.

간신히 몸을 일으킨 더글라스는 현수가 어떤 상황에 처했는지 보고 싶었다. 하지만 부하들에 의해 완전히 싸여 알 수 없는 상황이다.

그러던 어느 순간이다.

챙! 퍽! 채챙! 퍼퍽! 채채채챙! 퍼퍼퍼퍽! 챙그랑! 와당탕! 챙! 퍼퍽! 채채채챙! 퍼퍼퍽!

"켁! 컥! 크윽! 으악! 헉! 컥! 커컥! 헉! 아악!"

요란한 금속음에 이어 격타음이 연이어 들려온다. 그와 동시에 기사들이 뒤로 자빠지거나 앞으로 엎어진다.

모로 쓰러지는 자들도 상당히 많다.

"으으! 이럴 수가……!"

더글라스는 눈앞에 벌어진 광경에 입을 다물 수 없었다. 60명이나 되는 기사 모두가 쓰러져 있다.

"으으으!"

"크으으으!"

"아아, 아아아!"

모두들 나직한 비명을 지른다. 다행히 검에 의한 상처는 없는지 붉은빛은 보이지 않는다.

"저, 저건……!"

더글라스의 눈이 또 한 번 커진다. 부하들이 걸치고 있는 아머가 움푹 찌그러져 있음을 발견한 것이다.

"뭐야? 겨우 이것밖에 안 돼? 이러고도 기사라고 할 수 있는 거야? 너희보다 허수아비 상대하기가 더 어렵겠다."

의기양양한 표정으로 쓰러진 기사들을 바라보는 현수의 입가엔 조소가 머금어져 있다.

"너! 공격할 때 그렇게 무모하게 덤비면 어떻게 되는지 이제 깨달았어? 상대를 공격하려 할 때에도 최소한의 방어는 염두에 둬야 하는 거잖아. 그렇게 물불 안 가리고 덤비니까 당하는 거야, 그리고 너! 칼 휘두르는 법 누구에게 배웠어? 기본기가 영 꽝이야. 그러니 오늘부터 가로 베기 3,000번과 세로 베기 3,000번씩 해. 그리고 너……!"

현수는 쓰러진 60명의 기사에게 일일이 시선을 주며 무엇이 잘못되었는지를 지적해 주었다. 아울러 그에 대한 처방도 곁들였다.

그런데 말투 때문인지 모두들 분노하는 표정을 짓는다.

"계속 그러고 있을 거야? 그럼 난 들어가고."

현수가 다시 왕궁 안쪽으로 두어 발짝 걷자 더글라스가 고함을 지른다.

"안 된다! 막아! 막으란 말이야! 놈이 안으로 못 들어가게 막아! 어서……!"

"네!"

쓰러졌던 기사들 모두 일어선다. 그런데 심한 통증 때문인지 비틀거리는 자가 상당하다. 어쨌거나 기사들은 다시 현수를 둥글게 에워쌌다.

"한 번 더 맞고 싶다고? 좋아. 몸이나 풀지. 덤벼!"

비아냥거리는 어투가 몹시 거슬렸는지 가까이 있던 자들이 검을 휘두르며 쇄도한다. 그야말로 일도양단할 기세이다.

"이이잇! 죽엇!"

"죽어라!"

"야아아압!"

나머지 기사들 역시 일제히 쇄도한다. 가히 검의 숲 속에 있는 듯한 느낌이 들 정도이다.

퍼퍽! 챙! 챙그랑! 퍼퍼퍼퍽! 와당탕! 퍼퍽! 챙그랑! 와당탕탕! 퍼퍼퍼퍽! 챙! 챙! 챙챙챙!

"크윽! 케엑! 컥! 크악! 크헉! 으윽! 아악! 커컥! 크으윽!"

더글라스는 똑똑히 보았다.

기사들 사이사이를 교묘히 누비며 가격하고, 걷어챘으며, 이마로 들이받는 현수를!

지구 사람이 아니라 슬로우비디오라는 말이 무엇인지 모르겠지만 그런 느낌이었을 것이다.

기사들은 아주 느리게 움직이는 가운데 현수만 섬전처럼 그 사이를 파고들며 검을 쳐냄과 동시에 옆구리, 턱, 허벅지,

이놈! 너 가짜지? 23

엉덩이, 아구창 등을 공격했다.

다음 순간 기사들은 또 한 번 일제히 나가떨어진다.

"이따위 실력으로 기사라고 폼 잡고 살았나?"

"......!"

그야말로 유구무언이다.

"어때? 한 번 더 기회를 줄까?"

현수의 시선을 받은 기사들은 고개를 설레설레 흔든다.

인원은 월등히 많지만 상대의 솜털조차 건드려 보지도 못했다. 반면 자신들은 뻐근한 통증을 느끼는 중이다.

검면으로 따귀를 맞은 기사는 각도가 조금만 더 틀어졌다면 이 세상을 하직했을 것이라는 걸 생각하고 몸을 부르르 떤다.

하마터면 죽을 뻔한 걸 이제야 실감한 것이다.

명치 바로 아래를 맞은 자 역시 주먹이 조금만 더 위쪽으로 올라왔다면 관 속에 누워 있을 것이다.

허벅지를 맞은 자가 오금을 걷어차였다면 불구가 되었을 것이다. 아구창을 맞은 자는 관자놀이가 아닌 걸 천만다행이라 여기는 중이다.

"그럼 나는 간다. 참! 그거 내 놔."

현수의 시선을 받은 더글라스는 고개를 젓는다. 그러면서 바닥에 떨어져 있던 초청장을 움켜쥔다. 근위기사로서 정체불명인 자가 안으로 들어가게 놔둘 수는 없기 때문이다.

더글라스는 초청장을 아머의 틈새로 쑤셔 박는다. 가능하다면 힘으로 빼앗아 가라는 뜻일 게다.

현수가 보기엔 가소롭기만 하다.

하지만 힘써서 빼앗기도 뭐한 상황이다. 기사 60명은 쓰러져 끙끙거리면서도 시선을 돌리지 않고 있다.

더글라스를 제압하고 초청장을 끄집어내면 또 한 번 덤벼들 게 뻔하다.

"너희는 기사라 하기엔 아직 미흡하다. 실력이 너무 일천해! 그래 가지고 미판테 왕국의 근위기사라 할 수 있겠나?"

"……!"

모두들 아무런 대꾸도 하지 못한다. 60명이 덤벼들고도 제압하지 못한 것이 부끄러웠기 때문이다.

"너희 모두의 문제점은 기본기에 충실하지 못하고, 겉멋만 잔뜩 들었다는 것이다. 하여 처방을 내린다. 향후 300일간 가로베기 3,000천 회, 세로베기 3,000회를 실시하라."

"……!"

현수는 분명 무단으로 왕궁을 침범하려는 자이다. 그런데 마치 수하들에게 명을 내리듯 말을 한다.

기사들 모두 어이없다는 표정을 지었지만 대꾸하거나 꾸짖지 않았다. 또 맞기는 싫었던 때문이다.

그러거나 말거나 현수의 말은 이어졌다.

"아울러 하체단련 또한 명한다. 매일 아침 외성 바깥을 한 바퀴씩 뛰도록! 뛸 때마다 시간이 단축되도록 조금씩 속력을 높이도록! 최종 목표는 1시간 이내 주파이다."

미판테 왕궁은 외성과 내성으로 조성되어 있다. 외성의 둘레는 대략 20㎞ 정도 된다.

기사들은 외성의 바깥을 상상하며 고개를 저었다. 무거운 아머까지 걸친 채 달리라는 것으로 오해한 까닭이다.

한 바퀴 돌고나면 몇 시간은 널브러져 있어야 간신히 회복될 듯싶다.

기사들이 멍한 시선으로 이건 뭐지 하는 표정을 지을 때 현수의 입술이 달싹인다.

"홀드 퍼슨!"

샤르르릉—!

서늘한 마나가 스며들자 초청장을 빼돌리기 위해 도주하려 몸을 돌리던 더글라스의 몸이 그대로 굳는다.

"어, 어라……! 모, 몸이 왜 이래?"

더글라스의 입에서 당혹석이 터져 나온다. 그러거나 말거나 현수는 더글라스에게 다가가 아머의 틈새에 박혀 있는 초청장을 끄집어냈다.

불과 몇 분이지만 고약한 냄새가 난다.

"크으! 더러운 놈. 좀 씻고 다녀라."

현수의 나직한 중얼거림에 더글라스의 얼굴이 시뻘게진다.

그렇지 않아도 몸에서 나는 냄새 때문에 스트레스를 받는 중이다. 몸의 여러 부위에서 지독한 고린내가 난다. 씻어도 소용없고, 향기로운 것을 발라도 그때뿐이다.

더글라스의 몸에는 약 20개의 피지낭종이 있다.

표피낭종이라고도 불리는 이것은 몸 안에 염증이 생겼거나 피지를 분출하지 못해서 발생되는 것이다.

짜내면 악취 나는 피지가 나오고 며칠 지나면 또 짜낼 만큼 생겨난다. 짜내지 않아도 조금씩 냄새가 배어 나온다.

병원에 가면 낭종이 있는 부위를 외과적으로 절제하여 주머니를 제거하거나 작은 구멍을 통하여 껍질까지 제거하는 핀홀(Pin—Hole)법으로 처치한다.

어쨌거나 더글라스가 초청장을 아머 틈새로 쑤셔 박자 그 압력으로 고린내 나는 피지가 나왔다.

이게 초청장에 묻은 것이다.

"안 씻어서 그런 게 아냐. 하루에 적어도 세 번은 씻어!"

"……?"

"가만히 있어도 몸에서 냄새가 난단 말이다."

"으으! 이놈이 대체 무슨 소릴 하는 거야?"

눈여겨보니 귀 밑과 입술 아래쪽 등 불룩 솟은 낭종이 보인다. 그 순간 예전에 읽었던 의서의 내용이 뇌리를 스친다.

'수술밖엔 답이 없는 거군. 쩝! 안 되었네. 가만! 이건 피지가 외부로 배출되는 도중에 굳어서 이런 거잖아.'

현수가 눈빛을 빛내며 낭종들을 살피자 더글라스는 하려던 말을 삼켰다.

이것 때문에 신전을 찾아가 봤었다. 그때 만난 신관은 상처가 있는 게 아니라서 치료해 줄 수 없다고 고개를 저었다.

왕궁을 드나드는 마법사들도 만나봤다. 그래 봤자 6서클 이하들이다. 마법사들도 고개를 흔들었다.

힐이나 큐어 같은 치료마법으론 고칠 수 없다는 뜻이다. 비싼 돈을 들여 포션을 사서 발라 보기도 했다.

하지만 그것 역시 효과 없었다.

벌써 몇 년째 아내와의 동침이 없었다.

냄새난다며 잠자리를 거부한 때문이다. 하여 적지 않은 나이가 되었지만 아직 자식을 보지 못했다.

이런저런 스트레스를 견뎌내기 위해 수련에 몰두했지만 땀이 나면 냄새만 심해질 뿐이다.

동료와 상관, 그리고 부하들은 이러한 사실을 알기에 웬만해선 아무런 말도 하지 않는다. 진짜 심각하게 냄새가 풍길 때 슬쩍 이맛살을 찌푸리는 정도이다.

어쨌거나 더글라스에게 있어 네 몸에서 냄새난다는 말은 역린을 건드리는 것과 같다. 또한 핫 버튼(Hot—Button)[1]이

눌러지는 것이기도 하다.

하여 발작적으로 뭐라 하려 할 때 현수의 입술이 먼저 달싹인다. 가장 가까이 있는 더글라스가 아니라면 아무도 듣지 못할 정도로 나직한 음성이다.

"마나여, 모든 걸 원상으로 회복시켜라. 리커버리!"

샤르르르르룽—!

서늘한 푸른빛 마나가 더글라스의 체내로 스며든다.

"……!"

같은 순간 더글라스의 눈은 더 이상 커질 수 없을 정도로 크게 떠졌다. 언젠가 있었던 마법사와의 대화 때문이다.

---

1) 핫 버튼(Hot—Button) : 현재 사람들에게 가장 중요하고도 시급한 문제나 현안 등을 지칭할 때 쓰이는 표현. 마케팅 부분에서는 요점만 제대로 짚으면 고객과의 연결 또는 계약을 보장받을 수 있다 의미로도 사용됨.

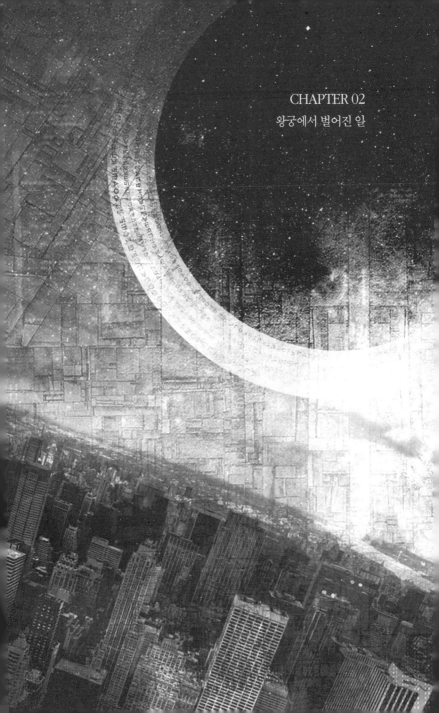

CHAPTER 02
왕궁에서 벌어진 일

전능의팔찌
THE OMNIPOTENT
BRACELET

　"더글러스! 안타깝게도 자네의 병은 내 능력으로도 치료할
수 없네."

　미판테 왕궁 궁정마법사로 재직하다 얼마 전에 은퇴한 5서
클 마법사의 말이다.

　더글라스는 오랫동안 그가 머물던 연구실 경비를 책임진
바 있기에 배웅하면서 말 몇 마디를 나눈 것이다.

　그때 그 마법사는 말을 조금 더 길게 이었다.

　"자네의 병은 7서클 이상 고위 마법사가 오셔야 해결될 수
있을 것 같네. 7서클 중에서도 마스터급에 도달해야 시전할

수 있는 리커버리라는 마법만이 해결책이네."

"7서클 마스터요?"

"그래! 그런데 안타깝게도 아르센 대륙의 마법사 가운데 가장 화후 깊은 분이라도 7서클 유저에 불과하시네. 그러니 포기하게."

"그럼, 7대 마탑 탑주님들도 안 된다는 말씀이십니까?"

"그래! 안타깝지만 그러하네. 그분들 능력으로도 리커버리 는 불가능하니 말이네."

그날 이후 더글라스는 악취를 제거하기 위한 어떠한 노력 도 하지 않았다. 해봤자 소용이 없다는데 어쩌겠는가!

그런데 방금 눈앞에서 리커버리 마법이 구현되었다. 그러 니 어찌 눈을 크게 뜨지 않을 수 있겠는가!

"누, 누구십니까?"

"나? 국왕의 초청을 받은 사람. 하인스라 하지."

"…하, 하인스요?"

더글라스는 초청장을 읽으면서 하인스라는 이름을 읽었지 만 인식하지 못했다. 워낙 흔한 이름이었기에 주의를 끌지 못 한 것이다.

"잠시 가만히 있어야 하니 움직이지 마. 아무런 말도 하지 말고. 입을 열면 효과가 사라질 수도 있으니."

"네? 아, 네에."

뭐라 대꾸하려던 더글라스는 얼른 입을 다문다. 그 순간 뇌리로 스치는 상념 하나가 있다.

지상 최고의 마법사 이실리프 마탑의 제2대 마탑주 하인스 멀린 킴 드 세울이란 인물에 대한 소문이다.

머리카락이 검고, 스물다섯쯤으로 보인다! 그리고 수수한 옷차림을 즐긴다. 특히 C급 용병 차림일 때가 많다.

"나는 가지. 입 다물라 한 것 잊지 마라."

현수의 말이 떨어지기 무섭게 더글라스의 고개가 끄덕여진다. 제국의 황제조차 자리에 앉은 채 맞이할 수 없는 인물이다. 어찌 한낱 근위기사 따위가 막을 수 있겠는가!

더글라스는 눈알이 튀어나올 정도로 눈을 크게 뜨고 있다. 너무도 위대한 존재를 만났기 때문이다.

하지만 입을 열지는 않는다. 리커버리 마법의 효과가 사라질까 저어된 때문이다.

같은 순간 뒤쪽의 기사들은 대체 뭔가 하는 표정을 짓고 있다. 둘의 대화를 들을 수 없었기 때문이다.

현수가 등을 돌리자 모두가 길을 튼다. 더글라스가 막지 말라는 몸짓을 한 때문이다.

하여 모두가 몇 발짝씩 물러설 때이다.

두두두두! 두두두두두두!

착! 처억! 차차차차착!

"멈춰라!"

일단의 무리가 달려오더니 공격 대형을 갖춘다. 현수는 말 없이 눈앞에서 벌어지고 있는 상황을 지켜만 보았다.

"……!"

눈대중으로 헤아려 보니 약 120명이다. 이곳은 왕궁이다. 따라서 일반기사가 아닌 근위기사들일 것이다.

근위기사와 일반기사의 차이는 무력의 고하이다. 같은 실력일 경우엔 배경이 작용하기도 한다.

현재 이곳에 몰려온 근위기사들은 거의 전부 귀족가의 자제들로 이루어져 있다. 어려서부터 체계적인 검술 수업을 받은 자들이다.

아무튼 팀당 60명이니 2개 팀이 몰려와 있다.

"너희 중 누가 대표인가?"

현수의 물음에 몇몇이 시선을 주고받는다. 그중 하나가 알았다는 듯 고개를 끄덕이고는 한 발짝 나선다.

"근위기사단 1팀장 볼드윈 아드레드이다. 너는 누구냐?"

"나? 나는 미판테 국왕의 초청을 받아 온 사람! 하인스라 하지. 초청장은 여기 있다. 안내하라."

근위기사단원 대부분은 가문의 작위를 물려받지 못할 차남 내지 삼남이 많다.

그렇다 하여 작위 없는 평민인 것은 아니다.

다수가 남작 또는 준남작이다. 물론 가문에서 내려준 것인지라 세습되지 않는 작위이다.

미판테 왕국의 현임 근위기사단장은 백작이다. 하지만 영지가 없는 귀족이다. 일종의 명예직이기 때문이다.

소드 마스터라면 퇴임 후에도 백작위가 유지된다.

그렇지 못하면 그간의 공로를 인정받아 자작위를 제수받고 작은 영지를 맡게 될 뿐이다.

아무튼 이곳엔 단장이 없다.

한눈에 훑어봐도 소드 익스퍼트 최상급 내지 소드 마스터로 보이는 자가 없기 때문이다.

있다 하더라도 명예직인 백작과 제국의 세습 백작은 하늘과 땅 차이만큼이나 다르다. 더 정중히 대해야 하는 입장이기 때문이다. 이러하기에 대놓고 말을 내린 것이다.

현수가 내민 초청장을 받아 든 볼드윈은 가볍게 이맛살을 찌푸렸다. 진하게 풍기는 고린내 때문이다.

그럼에도 더 이상의 내색 없이 그것을 펼쳐 내용을 읽는다. 다 읽고는 원래대로 감은 뒤 건네며 묻는다.

시선은 더 이상 차가울 수 없을 정도로 싸늘했다.

"네놈이 하인스 백작이라고?"

대놓고 어디에서 났느냐고 묻지 않고 돌려 말한다. 현수는 고개만 끄덕였다.

'하여간 보는 눈들이 없어. 백작이라고 하면 좀 믿을 것이지. 흐음! 또 한 따까리 해야 하나 보군.'

휘휘 둘러보니 벌써부터 검집에 손이 가 있다. 명만 떨어지면 그 즉시 난도질이라도 할 생각인 듯싶다.

숫자는 많다. 120명은 결코 적은 숫자가 아니다. 하지만 현수에게 있어 이들은 허수아비에 불과하다.

그렇기에 현수의 입가엔 현현한 미소만 어려 있다. 이를 비웃는 것으로 오인한 볼드윈이 노성을 지른다.

"모두 이 미친놈을 포위하라! 용병 주제에 귀족을 사칭하였으므로 죽여도 좋다."

"추웅—!"

말 떨어지기 무섭게 사방 모두를 에워싼다. 인원이 워낙 많기에 도저히 빠져나갈 수 없을 것으로 보인다.

"흐음! 본인이 백작인지 여부도 따져보지 않고 공격부터 하겠다? 좋아! 눈이 삐면 어떻게 되는지 보여주지. 덤벼!"

"야아압!"

기다렸다는 듯 기사 가운데 하나가 투핸드 소드를 휘두르며 쇄도한다. 기선제압용 공격이기에 딱히 목을 베겠다는 의도는 없는 듯 허리춤을 쓸어온다.

채앵—!

"으읏!"

투핸드 소드와 바스타드 소드는 중량에서 차이가 있다.

현수의 것은 길이 120㎝, 폭 2.5㎝, 무게 2.75㎏이다. 기사가 휘두른 것은 길이 200㎝, 폭 6.5㎝, 무게 5.25㎏이다.

현수는 한 손으로 휘둘렀고, 기사는 두 손을 다 썼다.

당연히 금속음에 이어 현수의 것이 형편없이 뒤로 밀려야 한다. 그와 동시에 검날의 이가 빠져야 마땅하다.

그런데 뒤로 밀린 건 기사의 것이다. 검과 검이 부딪치면서 막강한 상대의 힘을 느낀 기사는 나직한 침음을 낸다.

그리곤 힘으로 밀어붙이겠다는 듯 힘주어 밀친다. 근육에 힘을 주자 굵은 팔뚝 위로 지렁이 같은 혈관이 보인다.

"검이란 말이지 그렇게 휘두르는 게 아니야. 투핸드 소드를 쓸 때는……."

현수의 말을 들은 기사는 얼굴이 뻘게진다. 누구나 아는 아주 기초적인 부분을 지적당한 때문이다.

하여 모욕당했다 느끼곤 힘주어 다시 밀친다. 하지만 현수가 누구인가! 조금도 밀리지 않는다.

"조금 더 연마하고 오도록!"

"이잇! 으으!"

와당탕—! 챙그랑!

기사가 나자빠지면서 투핸드 소드가 바닥을 나뒹군다.

기사들 가운데에서도 힘으론 누구에게도 지지 않는다 큰

소리를 치던 녀석이 호리호리한 현수에게 당하자 모두가 긴장하는 눈빛이다. 만만치 않은 상대라는 걸 직감한 것이다.

"뭐하나? 쳐라!"

"이야압! 이이잇! 야아압!"

사방에서 검이 쇄도한다.

챙! 채챙! 채채채챙! 챙챙! 챙챙! 채채채챙!

퍽! 툭! 퍼억! 빡! 퍼억! 퍼퍽! 두다다다! 퍼퍽!

"큭! 헉! 켁! 컥! 헉! 흐억! 아악! 켁! 으악!"

쿵! 콰당! 와당탕! 우당탕탕! 콰당탕! 쿠쿵!

맑고 높은 금속음에 이어 둔탁한 타격음이 들린다. 그리곤 단말마 비슷한 비명과 함께 기사들이 나자빠진다.

"······!"

선두에 있던 여덟 명의 기사가 거의 동시에 쓰러지자 모두가 놀란 표정을 짓는다. 이때 누군가의 외침이 있다.

"뭐해? 놈은 하나다. 모두 공격! 공격!"

"야아압······!"

제법 체격이 큰 누군가의 기합을 시작으로 기사들이 다시금 달려든다. 하지만 소용이 없다. 또다시 일제히 쓰러지는 모습만 보여줄 뿐이다.

그럼에도 뒤에 있던 놈들이 달려든다. 누군가의 외침대로 상대는 하나뿐이고 자신들은 무려 120명이나 된다.

그리고 본인들은 제대로 단련된 기사들이다. 따라서 상대는 지치게 된다.

　근위기사로서의 명예도 중요하지만 그보다 훨씬 더 크게 생각해야 하는 것이 바로 왕궁의 안전이다.

　그렇기에 차륜전도 마다하지 않고 달려드는 것이다. 하지만 결과는 같다. 순식간에 육십여 명이 바닥을 나뒹군다.

　뒤에 있던 녀석들은 질린다는 표정을 지으면서도 검을 들고 현수에게 달려든다. 그러는 사이에 쓰러진 동료들을 잡아 끌어 뒤쪽으로 빼돌린다.

　"죽엇!"

　"이래 가지고 어디 파리나 잡겠어? 느려, 느려도 너무 느려! 수련이나 더 해!"

　"네, 이노옴! 야아압!"

　또 한 녀석이 투핸드 소드를 무식하게 휘두른다.

　아머를 걸치고 있다면 그것까지 한꺼번에 뭉개 버리겠다는 듯 강력한 휘두름이다. 하지만 현수의 바스타드 소드에 의해 쉽게 진로를 저지당한다.

　채앵—!

　"이이잇!"

　"힘만 세다고 되는 게 아니라는 거 알았지? 가로베기와 세로베기만 연습하다간 네 녀석의 목이 베어지는 수도 있어. 조금 더 다양한 수법을 연마해. 알겠나?"

퍼어억!

"크허어억!"

말을 마친 현수의 주먹이 녀석의 명치 부근을 강력히 두드리자 내장까지 토할 듯한 비명을 지르며 나뒹군다.

신장 2m에 몸무게 150㎏쯤 되는 녀석이 쓰러지자 바닥에서 진동이 느껴진다.

와당탕탕!

이 순간 현수의 등을 노리고 찔러드는 검이 있다.

티잉—! 빠각!

"헐! 어떻게 이럴 수가!"

순식간에 등을 돌린 현수 역시 검을 내뻗었다. 그러자 검의 끝과 끝이 부딪치며 묘한 금속음을 낸다. 다음 순간, 기사의 블레이드 중 가장 두꺼운 부분이 부러져 버린다.

검극과 검극, 그러니까 검의 가장 끝 부분인 포인트 부분끼리 격돌한다는 건 생각해 보지도 못한 경우이다.

면적이 1㎟도 안 되기 때문이다.

아무튼 검극끼리 격돌했는데 더 두껍고 무거운 검이 부러져 버리자 달려들던 녀석은 할 말을 잃었다는 듯 나직한 탄성을 낸다.

"상대를 찌를 땐 예비동작 없이 과감하게. 알았나? 아무튼 시도는 좋았다. 베기보단 찌르기를 막기가 더 힘드니."

좌우로 피할 수 없는 상황이었기에 집중력을 발휘하여 검극끼리의 격돌시키는 수법을 썼던 것이다.

퍼억—!

멍한 표정으로 서 있던 기사가 옆구리를 채이자 나뒹군다. 지독한 통증을 느끼는지 나직한 비명을 지른다.

"크으으으윽!"

통증이 가시기 전까진 검을 들고 설쳐댈 수 없을 것이다. 이 순간 두 개의 검이 현수의 목과 팔을 향해 쇄도한다.

하나는 베는 것이고 다른 하나는 찌르는 것이다. 이것에 이어 세 개의 검이 좌우와 전면에서 쇄도한다.

두 공격의 시차는 0.5초 정도 된다.

슬쩍 자세를 낮춰 목을 찌르던 검을 피하곤 소드를 왼쪽 어깨에 댔다. 기다렸다는 듯 기사의 검이 부딪친다.

상대의 검은 날이고, 현수의 것은 면이 닿았다. 상대의 힘이 강했다면 현수의 바스타드 소드가 뚝하고 부러져야 한다.

하지만 아무런 피해도 없다. 둘이 닿는 순간 오러로 보호된 때문이다. 물론 눈에 보이지 않을 정도로 짧은 순간이다.

휘익! 채앵—!

픽! 퍼억!

"컥! 크윽!"

챙그랑! 와당탕탕!

둘이 쓰러지는 순간 현수는 낮춘 자세를 더 낮춰 세 개의 공격을 모두 피해냈다. 그와 동시에 회축을 시도했다.

당연히 기사들은 무방비 상태로 있다가 당한다.

퍽! 퍽! 퍼억!

"아악! 으아악! 크헉!"

와당탕! 쿠쿵! 챙그랑! 챙! 챙그랑!

셋 모두 중심을 잃고 나뒹군다. 전혀 예상치 못했던 체술이기에 대응할 수법이 없었던 때문이다.

순식간에 30여 명이 쓰러지자 나머지들이 주춤거리며 물러선다. 자신들의 상대가 아님을 깨달은 것이다.

하지만 포위망을 풀지는 않았다. 근위기사로서의 임무를 잊은 건 아니기 때문이다.

"이래도 길을 안 틀 건가?"

현수를 중심으로 30여 명이 쓰러져 끙끙대고 있다. 가장 가까이 있는 자는 대략 10여 명이 보인다.

스르르릉! 터억—!

현수는 더 이상 달려들려는 의지가 보이지 않자 바스타드 소드를 검집에 넣었다.

이에 현수를 포위한 기사들은 주춤거리면서도 허점을 찾는다. 누구든 한 명만 공격에 성공하면 금방 제압할 수 있을 것 같기 때문이다.

이때 왕궁 안쪽으로부터 일단의 무리가 달려온다.

두두두두! 두두두두두두!

"전원 제자리에!"

다다다다다다!

"정지!"

차악—!

누군가의 구령에 따라 일사분란하게 대형을 갖춘다. 숫자를 헤아려 보니 약 180명이다. 3개 팀이 추가로 온 듯하다.

"체포대형으로 벌려!"

"충!"

말 떨어지기 무섭게 사방팔방을 에워싼다.

체포대형이라는 그럴듯한 말로 포장했지만 실상은 그냥 포위한 것이나 다름없다.

잠시 이들의 움직임을 지켜보던 현수가 뒤쪽의 사내에게 시선을 주었다. 온 자들 가운데 가장 강한 자이다.

"어이! 거기. 자넨 누군가?"

현수의 시선을 받은 사내는 주위를 둘러보았다.

그러다 어이 거기라는 표현이 자신이라는 것을 알고는 버럭 소리 지른다.

"자네? 이런 미친⋯⋯! 보아하니 평민출신 C급 용병인 듯한데 지금 왕궁 근위기사 팀장인 내게 자네라 했나?"

"…그래, 미판테 왕궁 근위기사 팀장인 거기에게 자네라 했다. 작위는 있나?"

"작위? 이런 미친……. 본좌는 남작이시다."

"그래? 그럼 하나만 묻지. 백작이 높은가 남작이 높은가?"

"배, 백작……?"

사내는 현수의 위아래를 훑어본다. 이 왕국의 귀족은 분명 아니다. 모든 백작의 얼굴을 알고 있기 때문이다.

그렇다면 타국의 백작 본인일 수도 있다. 하여 의복과 귀족으로서의 기품을 갖추고 있는지를 살핀 것이다.

"귀족을 사칭하면 사형에 처해질 수 있음을 아는가?"

"물론이지. 그런데 자넨 내 물음에 대답하지 않았네. 백작이 높은가 남작이 높은가?"

"이런 미친……!"

어이가 없을 때 이런 말을 자주 쓰는 듯하다.

"네 이놈! 여기가 어디라도 감히……! 참으로 담대한 자로구나. 감히 왕궁에 와서 귀족을 사칭하다니. 목숨이 여벌로 몇 개 더 있지 않고야……. 말해라! 누구냐? 넌!"

"내 물음에 대답부터 하게. 백작보다 남작이 높은가?"

"…그, 그건 당연히 백작이 높지."

"그럼 내가 자네에게 자네라고 해도 되네."

"…뭐야? 이런 미친놈! 당장…….."

뭐라 말을 이으려할 때 현수가 먼저 입을 열었다.

"먼저 이것부터 보게."

"……!"

팀장이라는 자는 물론이고 모든 기사가 흠칫거린다.

현수가 던진 초청장이 천천히 허공을 날아 팀장에게 가고 있었기 때문이다.

"뭐, 뭐야? 이, 이건 마법……?"

마법사냐는 물음을 하려 할 때 또 말을 끊었다.

"먼저 보기나 하지."

"……! 그, 그럼 하인스 백작님이십니까?"

팀장의 음성이 확 달라져 있다. 분명한 국왕의 초청장이기 때문이다.

"그렇네. 안내해 주겠는가?"

현수의 음성 역시 약간은 부드러워졌다.

"…신분을 확인할 것을 보여주실 수 있겠습니까?"

다른 자들과는 대처가 다르다.

하여 아공간에 담겨 있던 주민등록증을 꺼냈다. 이것 역시 마법의 힘으로 천천히 날아 팀장에게 갔다.

"이건 뭡니까?"

"그건 우리 제국의 황제께서 발행하신 귀족 증명서이네."

"이게요?"

뭔가 쓰여 있으니 읽어보려 하지만 어찌 한글을 읽을 수 있겠는가! 다만 조그만 그림이 붙어 있는데 아주 생생하여 놀라울 따름이다. 이때 현수의 말이 이어진다.

"아르센 대륙과는 언어가 달라 읽을 수는 없겠지만 거기 있는 그림이 내 얼굴이네. 내가 백작이라는 증거이네. 아! 참고로 그건 드래곤의 비늘로 만들었네."

"네엣……?"

드래곤의 비늘이라는 말에 화들짝 놀라는 표정을 짓는다. 기사들 중엔 흠칫 놀라며 물러서는 자까지 있다.

하긴, 경외의 대상인 드래곤의 비늘을 뽑아 귀족의 신분증을 만들었다는데 어찌 놀라지 않겠는가!

"저, 정말인 겁니까?"

"물론이네. 그건 그렇고 계속 이렇게 못 가게 할 건가? 난 초청장을 받고 온 몸이네만."

"그, 그건……!"

사내가 결정을 내리지 못하고 잠시 머뭇거릴 때 가장 처음 현수에게 당했던 기사가 벌떡 일어나며 소리친다.

"팀장님! 안 됩니다. 그놈 옷을 보세요. 죽은 귀족의 몸에서 그 초청장을 빼낸 걸 겁니다."

"……!"

그러고 보니 제국의 백작이라는 사람인데 의복은 C급 용병 차림이다. 그리고 허리춤에 걸려 있는 바스타드 소드 역시 영락없는 용병이나 쓸 만한 싸구려로 보인다.

게다가 의당 있어야 할 수행원이 하나도 없다. 나이도 너무 젊다. 여러모로 귀족인지 의심스런 상황이다.

방금 소리친 기사의 말처럼 아닌 것 같다. 하지만 확인은 해봐야 한다. 너무도 당당하기 때문이다.

"…정말 제국의 백작이십니까?"

"그렇네. 한데 드래곤의 비늘로 만든 작위 증명서를 보고서도 그런 말이 나오나?"

"그건……!"

아무리 봐도 평범한 물건은 결코 아니다.

더구나 작은 크기지만 너무도 생생하게 얼굴을 그려놓았다. 게다가 마법적인 처리를 했는지 매우 반들거린다.

평민은 가질 수 없는 것이 분명하다. 하여 어찌해야 할지 갈등하는데 현수가 말을 잇는다.

"막고 싶으면 막게. 나는 그래도 괜찮으니."

"……!"

모두 아무런 대꾸가 없다. 어찌해야 할지 난감한 때문이다. 진짜 백작이라면 엄청난 실수가 된다.

"뭐하는가? 어서 검을 뽑게."

사내는 현수와 잠시 시선을 마주친다.

진위여부를 파악해 보려는 것이다. 그러다 마음을 정했는지 정중히 고개를 숙인다.

"…아닙니다. 들어가십시오. 제가 안내하겠습니다."

"팀장님!"

누군가 제지하려 소리를 질렀지만 사내는 손을 내저어 더이상 말하지 말라는 몸짓을 하고는 옆으로 비켜선다.

"이쪽으로 가시지요. 참, 이것……."

주민등록증을 돌려받은 현수는 가볍게 고개를 끄덕여 주었다. 모처럼 마음에 드는 대접을 받은 기분이다.

"험! 고맙네."

말을 마치고 발을 떼자 사내는 손으로 방향을 가리키며 따라 걷는다.

"이쪽으로 가시지요. 백작님!"

"그러지."

대략 10여 발자국을 걸었을 때 앞을 막는 사내가 있다.

"아! 단장님!"

"1팀장은 뒤로 빠지게."

"네?"

사내가 의아한 표정으로 물러서자 단장이라 불렸던 사내가 현수의 위아래를 훑어본다.

같은 순간 현수 역시 상대를 살폈다.

보아하니 초급 소드 마스터 정도 되는 실력이다.

"보고를 받았습니다. 제국의 백작이시라고요."

"그러하오. 코리아 제국의 하인스 백작이오."

"반갑습니다. 저는 미판테 왕국 근위기사단장인 스미던 클로네 백작입니다."

이름을 들어보니 영지 없는 백작인 듯싶다.

"이걸 보시지요."

1팀장이 건넨 초청장을 훑어본 클로네 백작이 현수에게 시선을 준다.

"우리 기사들에게 가르침을 주셨다 들었습니다. 국왕 전하를 알현하기 전에 저와 한 수 나누어 보심은 어떨는지요?"

"어려운 일은 아니군요. 좋습니다."

스르르르룽―!

클로네 백작이 먼저 검을 뽑았다.

길이 140㎝, 폭 3㎝, 무게 2.5㎏ 정도의 양날검 클레이모어이다. 양손으로 사용하는 대검이라 조금 길다.

"검이 좋군요."

보아하니 드워프가 만든 것만은 못하지만 인간이 만든 것치고는 상당히 괜찮은 듯싶다.

스르르르룽―!

현수 역시 바스타드 소드를 뽑아 들었다.

클로네 백작은 하급 용병이나 쓸 만한 검을 흘깃 바라보았지만 아무런 말도 없었다. 진정한 고수는 검을 가리지 않는다는 걸 알기 때문이다.

"최선을 다할 것이오."

"그쪽도 그래야 할 겁니다."

너무도 여유로운 대꾸가 심기를 자극했는지 살짝 인상을 찌푸린다.

"탐색 없이 전력을 다할 것임을 미리 밝히는 바이오."

"얼마든지……! 언제든 준비가 되면 시작하시오."

현수의 조금도 긴장하지 않은 표정을 본 백작이 입술을 굳게 다문다. 무시당한 기분이 든 때문이다.

그 순간 서늘한 빛의 블레이드가 검을 감싸며 길어진다.

지이잉! 지이이이잉!

검강의 길이는 대략 1m 정도 된다.

푸른 빛깔이 도는 흰색인데 흐릿한 부분이 보인다. 소드 마스터가 된 지 얼마 안 돼 아직은 미숙한 때문이다.

백작은 너도 어서 검강을 내라는 표정을 짓는다. 한판 제대로 붙어보자는 얼굴이다.

하지만 현수는 검끝을 까닥이며 언제든 들어오라는 몸짓을 했다. 오러 블레이드는 전혀 나타나지 않고 있다.

"그럼 가오! 야압!"

쉐에에엑—!

백작의 검은 현수의 왼쪽 어깨에서 오른쪽 허리 쪽으로 사선을 그으며 휘둘러졌다. 가히 섬전의 속도이다.

현수는 바스타드 소드로 백작의 검로를 막았다.

채앵—!

"으웃!"

단 한 번의 격돌이다. 그런데 의외의 결과인지라 모두가 놀란 표정을 짓는다. 소드 마스터의 상징이라 할 수 있는 오러 블레이드가 평범한 바스타드 소드의 격돌했다.

현수는 그 자리에 있건만 백작이 물러섰다.

백작은 손목에서 느껴지는 시큰거림은 아랑곳하지 않고 빤히 현수를 바라본다.

이해될 수 없는 상황이기 때문이다.

당연히 평범한 철검인 바스타드 소드가 베어졌어야 한다. 검강을 감당하기엔 부족함이 많기 때문이다.

그런데 그러지 않은 데다 뒤로 밀리기까지 했으니 용납할 수 없던 것이다.

"그건… 마법검인 것이오?"

"그렇게 보이나 봅니다."

"아니란 말씀이시오?"

어느새 백작의 어투가 달라졌다. 인정할 수밖에 없는 강자라는 걸 의식한 때문이다.

"아니라 했습니다. 자아, 다시 오시지요."

"그렇지 않아도 그러려 했소이다. 야아압!"

쉐에엑―!

이번에도 사선으로 그어온다. 여전히 섬전과 같은 속도인데 조금 전과 다른 점은 검로가 변화한다는 것이다.

촤아앙―!

"크으윽!"

이번에도 백작이 밀렸다. 현수는 제자리에 있지만 뒤로 네발짝이나 물러섰다. 도저히 믿을 수 없다는 표정이다.

소드 마스터가 된 이후 대결에서 밀려 본 적이 없기에 이런 상황이 받아들여지지 않는 것이다.

이때 현수가 검을 내린다.

"이만하면 된 것 같소이다. 더 필요하오?"

"아직은……."

백작은 자신의 열세를 용납할 수 없었기에 다시금 이를 악물고 검을 고쳐 잡았다.

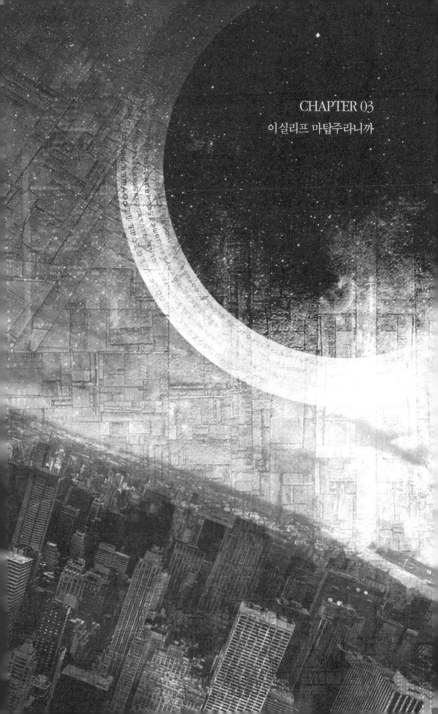

CHAPTER 03
이실리프 마탑주라니까

전능의팔찌

THE OMNIPOTENT
BRACELET

이 순간, 왕궁 안쪽으로부터 일단의 무리가 나오고 있다.

이곳에서 벌어진 일이 안에 보고되자 승작식에 참석하기 위해 왔던 귀족들이 기사와 병사들을 이끌고 나온 것이다.

상부로 보고되는 동안 아군의 피해만 전해져 다수의 적이 내습한 것으로 오인한 결과이다.

어쨌거나 백작은 등 뒤를 홀긋 바라보고는 자세를 갖췄다. 본격적인 대결은 이제부터 시작이라는 표정이다.

어찌 청하는 대결을 마다하겠는가!

장인이 될 로니안 자작의 면을 더욱 세워줄 수 있는 찬스이다. 하여 현수는 기다렸다는 듯 대꾸해 주었다.

"구경꾼들이 늘었소. 어서 오시오."

"좋소이다! 야아압!"

백작의 검이 허공을 갈기갈기 찢으며 쇄도한다. 참으로 현란한 검식이다.

쒜에에에에엑—!

하얀 검강이 잔상으로 남는 것처럼 보일 정도로 빠른 검식이다. 아마도 비장의 한 수인 듯싶다.

구경하던 기사들 모두 고개를 끄덕이며 쑥덕인다. 물론 멋지다는 표현이다.

촤아앙—! 챙챙! 채채채챙—!

불과 몇 초 사이에 십여 번이나 격돌했다.

백작의 검은 여전히 오러 블레이드로 싸여 있지만 현수의 바스타드 소드는 평범한 철검처럼 보일 뿐이다.

물론 실제로도 평범한 철검이다.

백작은 조금도 밀리지 않는 현수를 노려보며 검을 휘둘렀다. 하지만 현수는 여전히 여유 만만한 모습으로 모든 공격을 차단했고, 수시로 위협을 가했다.

겉보기엔 대등한 대결인 듯 보이지만 실상은 그렇지 않다. 백작이 허점을 보일 때마다 파고들던 현수의 검이 중간에 회수되곤 했다. 죽이려는 목적은 없기 때문이다. 그러지 않았다면 백작의 목은 벌써 베어졌을 것이다.

이러는 사이에 왕궁에서 나온 귀족과 기사, 그리고 병사들까지 모두 다가와 주변을 둘러싼다.

혹시 있을지 모를 왕궁 난입을 차단하기 위함이다. 현수는 대결을 하여 흘깃 살펴보았다. 나머지 근위기사들도 총출동한 듯하다.

아무튼 상당히 많은 사람이 둘의 대결을 눈여겨보는 중이다. 한쪽은 왕국 근위기사단장인 소드 마스터이고, 다른 한쪽은 젊어 보이는 C급 용병이다.

둘이 일진일퇴를 거듭하자 모두가 놀란 표정이다. 말도 안되는 대결이기 때문이다.

그러는 동안 기사와 병사들 모두 뒤로 조금씩 물러나 너른 공터를 만들었다.

구경하다 날벼락을 맞을 수도 있기 때문이다.

둘의 대결은 거의 10분간이나 유지되었다.

백작은 공격일변도이고 현수는 계속 방어만 했다.

그러다 간간히 허를 찌르는 공격을 시도하여 백작을 당황케 하였다. 하지만 상처를 입히진 않았다.

백작의 검에선 1m짜리 검강이 뿜어져 있다.

손잡이를 빼면 거의 2m에 가까운 길이이지만 현수의 것은 여전히 평범한 철검인 것으로 보인다.

이 모습에 모두들 고개를 갸웃거렸다.

검강에도 견뎌내는 새로운 금속은 아닌 듯싶은데 어찌 이런 현상이 빚어지는지 이상했던 때문이다.

이러는 동안 백작은 본인이 시전할 수 있는 모든 수법을 썼다. 체력은 급격히 떨어지고 마나 역시 간당간당한 상태이지만 티내지 않으려 애써 호흡을 고르며 눈빛을 빛낸다.

"이번이 마지막이오."

"얼마든지……."

"야아아압!"

쐐에에에엑—!

백작의 검이 묘한 곡선을 그리며 현수의 어깨를 향해 짓쳐 든다. 긴 병장기의 이점을 살린 수법이다.

당연히 검을 마주쳐 갔다. 두 검이 격돌하는 순간 현수의 검에서 아주 잠깐 시퍼런 빛이 일렁였다.

필요할 때만 아주 잠깐 발현되는 플래시 오러 블레이드이다. 단장처럼 계속해서 검강을 발현시키고 있는 것은 마나의 낭비이다. 그걸 개선한 것으로 웬만한 소드 마스터들은 시전할 수 없는 수법이다.

채에에엥—!

"크흑! 헉……!"

쥐고 있던 검이 강력한 반탄력에 허공으로 치솟자 백작은 당황했다. 하지만 더 이상의 액션은 취하지 못했다.

현수의 바스타드 소드가 어깨 위에 얹혀 있었던 때문이다.

"어, 어떻게 이럴 수가……! 누, 누구십니까?"

현수는 오러를 쓰지 않고 소드 마스터를 격퇴시켰다.

그런데 백작 본인은 스스로를 약하다 생각하지 않는다.

아르센 대륙에 여러 소드 마스터가 있지만 중급과의 대결을 해도 쉽게 패하지 않을 것이라는 것이 본인의 생각이다.

그만큼 자신이 있었던 것이다. 그런데 이름도 없는 C급 용병과의 대결에서 검을 놓치는 패배를 당했다.

전투 중이었다면 방금 목이 베어졌을 것이다.

믿을 수 없는 결과이다. 분하지만 상대가 누군지 궁금하다. 이런 실력자가 있다는 소문조차 들어보지 못했다.

하여 저도 모르게 물은 것이다.

"말했잖소. 국왕의 초청을 받은 사람이라고……."

"저, 정말인 것이오?"

진짜인 듯싶다. 하여 백작은 말까지 더듬는다.

"내가 이렇게까진 안 하려 했는데… 쩝! 할 수 없군."

현수가 스스로 이실리프 마탑주라는 사실을 밝히지 않은 이유는 남세스러워서였다. 자화자찬하는 기분이 든 때문이다.

또 그럴 경우 한바탕 소란이 빚어질 것이 분명하기 때문이다. 그러면 몹시 번거로워진다. 미판테 왕국의 거의 모든 마법사가 몰려들 것이기 때문이다.

하여 초청장을 보여주고 여러 번 말했지만 아무도 믿지 않아 이런 지경이 된 것이다.

지이잉! 지이이이이잉—!

"헉……!"

"아앗! 저, 저건……!"

"헐! 저게 뭐야? 검강이 어떻게 저렇게 길어?"

"저건 말도 안 돼! 검강이 어떻게……!"

"허걱! 그, 그랜드 마스터이시다."

"뭐어? 그, 그랜드 마스터? 세상에……!"

"세상에 맙소사! 지, 진짜 그랜드 마스터이시다."

모두들 눈은 크게 뜨고 입은 딱 벌리고 있다.

생전 처음 보는 광경에 완전히 넋이 나가 버린 것이다.

뇌리가 텅 비어버린 듯 아무런 상념도 없는 무념무상의 상태는 잠시 지속되었다.

이런 상태를 깬 건 한 여인의 음성이었다.

"어머! 자기 왔어요?"

모두의 시선이 여인에게 향한다.

곧 후작이 될 로니안 자작의 딸 로잘린 영애이다.

아르셴 대륙을 진동시킨 이실리프 마탑주의 부인이 될 여인으로 알려져 있다.

테세린의 번영을 탐낸 귀족들이 서로 며느리 삼으려던 여인이기도 하다. 빗발치듯 날아들던 청혼서가 뚝 끊긴 것은 로잘린이 왕실의 청혼까지 거절한 이후이다. 왕가에 대한 모독이 됨을 알면서도 정중히 거절했던 것이다.

하여 평생을 홀로 늙어갈 것이라 여겼다. 그런데 어느 날 갑자기 나타난 이실리프 마탑주의 부인이 될 예정이라 한다.

왕실에선 세상 모든 마법사의 수장인 마탑주에 대한 예의로 로니안 자작을 후작으로 두 계급이나 승작하는 파격적인 결정을 내렸다.

하여 모두가 승작식에 참석하려 모인 참이다.

귀족 중엔 마법사들이 제법 있다. 이들에 의해 로잘린은 거의 여왕 대접을 받는 중이다.

어쨌거나 로잘린이 함박웃음을 짓고 있다. 행복해하는 여인의 미소이다. 모두의 시선은 다시 현수에게 쏠렸다.

이십오 세 전후로 보이는 검은머리 청년이다. 이때 모두의 뇌리로 스치는 상념이 있었다.

그 순간 모두의 무릎 또한 저절로 꿇려진다.

쿠쿵! 쿠쿠쿠쿠쿠쿠쿵—!

"에, 에드가 롤랑 폰 갈리아가 위대하신 위저드 로드를 뵙습니다."

6서클 마법사이자 미판테 왕국의 재상인 갈리아 공작이 가장 먼저 무릎을 꿇고 고개를 조아린다.

"마스터시여! 소인, 할만 공작이옵니다."

소드 마스터이자 미판테 왕국군 총사령관인 할만 공작 역시 털썩 무릎을 꿇는다. 20m짜리 검강을 보는 순간 아랫도리에서 힘이 빠져버린 결과이다.

"미판테 왕국의 2왕자 로덴이 로드를 뵙습니다."

"3공주 데레사가 그랜드 마스터님을 알현하옵니다."

"칼멘 후작이 그, 그랜드 마스터님을 알현하옵니다."

"위, 위대하신 로드를 알현하옵니다."

"검의 하늘이신 그랜드 마스터님을 뵙게 되어 일생의 광영이옵니다."

미판테 왕국의 재상 갈리아 공작과 최고사령관 할만 공작을 위시하여 왕자와 공주, 그리고 후작들과 백작, 자작, 남작 모두의 고개가 조아려졌다.

이들을 수행하던 기사와 마법사들은 법열[2]에 떨고 있다. 너무도 위대한 존재를 두 눈에 담고 있다는 희열이다.

고개를 숙이지 않은 사람은 딱 둘이다. 로니안 자작과 로잘린이다. 세실리아 부인은 동행하지 않아 자리에 없다.

"허흠! 모두 고개를 들으시오."

"로드의 명을 받잡사옵니다."

---

2) 법열(法悅) : 참된 이치를 깨달았을 때와 같은 묘미와 쾌감에 마음이 쏠리어 취하다시피 되는 기쁨.

"마스터의 명을 따르옵니다."

모두들 뭐라 뭐라 중얼거리며 고개를 들어 현수를 바라본다. 너무도 평범해 보이는 청년이다. 그런데 비범함을 훌쩍 뛰어넘은 위대하고 또 위대한 존재이다.

그렇기에 '한 말씀만 하소서. 제가 곧 나아지리이다.' 같은 분위기가 되어 모두가 바라본다.

"국왕께서 초청하시어 이 왕국에 왔습니다. 마침 내 장인이 되실 분의 승작식이 있다는데 참석해도 되겠는지요?"

현수의 시선을 받은 갈리아 공작이 크게 고개를 끄덕인다.

"무, 물론입니다. 너무도 당연한 말씀이시옵니다."

"연회 중이라 들었습니다. 배가 좀 고프군요."

"아! 그렇습니까? 제, 제가 안내하겠습니다."

갈리아 공작이 다시 한 번 고개를 조아린다.

미판테 왕국의 재상이자 실세인 공작이 이러니 다른 존재들은 어떠하겠는가!

모두들 동시에 고개를 끄덕인다.

"허험! 그럼 가시지요."

갈리아 공작이 자리에서 일어나 안쪽으로 들어가자는 손짓을 한다. 물론 매우 정중하다. 공작에게 있어 현수는 국왕보다도 우선인 존재이기 때문이다.

현수는 고개를 끄덕이고는 오른팔을 슬쩍 들어 올렸다. 그리곤 로잘린에게 시선을 주었다.

이심전심이 되었는지 냉큼 다가와 팔 아래에 어깨를 디민다. 아주 다정한 연인이라는 걸 모두에게 보여준 것이다.

현수가 오기 전, 로잘린의 미모에 혹해 어떻게 해보려던 왕자는 아무런 짓도 하지 않았음을 크게 다행으로 여겼다.

만일 이전처럼 센트 오브 워머나이저나 실프의 눈물을 써서 욕심을 채웠다면 지금쯤 목이 베어졌을 것이라는 걸 실감한 것이다.

조금 전에 보았던 길이 20m짜리 검강을 보는 순간 하마터면 소변을 지릴 뻔했다. 튼튼하기로 이름 난 왕궁의 정문 따위는 일검에 박살 낼 무시무시한 위력을 지닌 검강이다.

어릴 때부터 근위기사단장으로부터 수련을 받았고, 이제 막 소드 익스퍼트 초급에 접어들었기에 그것의 위력을 아주 잘 알고 있다. 바위를 무 베듯 하는 걸 여러 번 본 때문이다.

갈리아 공작의 안내를 받아 연회장 입구에 당도하니 미판테 왕국의 국왕과 왕비가 여러 왕자와 공주들을 대동한 채 기다리고 있었다.

"어서 오십시오. 미판테 왕국에 오신 걸 환영합니다."

먼저 고개를 숙인 건 국왕이었다. 위저드 로드는 제국의 황제조차 마주 예를 취해야 할 존재이기 때문이다.

게다가 그랜드 마스터이기까지 하다. 보고받은 바에 의하면 근위기사단이 단체로 덤벼들었다가 모두 나가 떨어졌다.

소드 마스터인 단장 또한 패배했다.

이 정도면 일인군단이라 해도 과언이 아니다. 그렇기에 갖출 수 있는 최상의 예를 보인 것이다.

"국왕 전하의 환대에 깊은 감사를 드립니다. 이실리프 마탑을 책임지고 있는 하인스 멀린 킴 드 세울입니다."

"네에, 환영합니다. 이쪽은 1왕비인 카다시안이라 하고, 이쪽은 2왕비……."

국왕은 일곱 명의 왕비를 차례로 소개했고, 아홉 명의 왕자의 열한 명의 공주 또한 일일이 소개했다.

연후에 근위기사들이 분수도 모르고 달려들었던 것에 대한 정중한 사과의 말이 있었다. 이에 현수는 국왕의 재가도 없었는데 한 수 가르침을 주었다면서 가볍게 웃어주었다.

"자! 안으로 드시지요."

"네, 그러지요."

이번 안내는 국왕이 친히 했다. 국왕의 뒤를 따라 현수와 로잘린이 들어서자 왕비와 왕자, 그리고 공주들이 따랐다.

그들의 바로 뒤로 갈리아 공작과 할만 공작, 그리고 로니안 자작이 따랐다. 이들의 뒤로 후작, 백작, 자작, 남작 등이 줄지어 들어섰다.

안에 들어가 보니 여러 개의 탁자가 놓여 있고, 온갖 음식들이 차려져 있다.

"시장하시다 들었습니다. 이쪽으로 오시지요."

현수는 가장 상석으로 안내되었다. 국왕의 바로 옆자리이다. 모두가 착석하자 국왕이 입을 연다.

"연회를 계속하라!"

"예으이!"

악사들이 부드러운 멜로디를 연주하기 시작한다.

"많이 드십시오. 로드!"

"하하, 네에. 감사히 먹지요."

현수가 음식을 먹기 시작하였지만 어느 누구도 먹을 생각이 없는 듯 현수만을 바라만 보고 있다. 위대한 존재는 어떻게 음식을 먹는지 궁금했던 모양이다.

"하하! 너무도 빤히 바라보니 민망합니다. 전하!"

"아……! 죄송합니다. 이봐……!"

국왕이 시종장에게 무어라 지시하자 금방 귓엣말로 갈리아 공작 등에게 전해진다.

그러는 사이에 로잘린이 재잘거린다.

"자기! 언제 왔어요?"

"언제는 조금 전에 왔지. 그러는 자기는 언제 당도했어?"

"그제요. 참 먼 길이었어요."

바다로 오는 동안엔 뱃멀미로 심한 고생을 했고, 해적에 납치당하여 험한 꼴을 당하기 일보직전까지 몰렸었다. 육지에 올라서도 고생은 여전했다. 너무 멀고 지루했던 때문이다.

로잘린 입장에선 평생처음 엄청난 거리를 이동한 것이다. 그래서 그런지 약간 마른 듯싶다.

"그래? 오는 동안 고생이 많았나 보네."

테세린에서 이곳으로 오려면 길고긴 라수스 협곡 아래까지 남행했다가 갔다가 북상해야 한다.

협곡을 관통하는 지름길이 있지만 레드 드래곤 라이세뮤리안이 인간의 출입을 금한 때문이다.

상당히 먼 길을 이동하는 동안 로잘린은 낯선 잠자리와 입에 맞지 않는 음식 때문에 심한 고생을 겪었다.

이동하는 내내 엉덩이에 굳은살이 밸 정도로 지루했다.

뿐만이 아니다. 의복 세탁이 거의 불가능했고, 제대로 씻을 수 없는 불편함 등이 복합적으로 작용했다.

하여 로잘린은 실제로 약 5㎏ 정도 살이 빠진 상태이다.

고생은 그것으로 끝이 아니었다.

뉴에튼에 당도해서도 과분한 대접 때문에 모든 것이 신경쓰였다. 거의 제국의 공주 대접이었다. 매일 아침 왕자와 공주들이 식사하자고 찾아왔으니 얼마나 불편했겠는가!

그런데 현수와 함께 있게 되자 로잘린은 이제야 마음이 놓이는지 상당히 많이 먹는다. 먹보라는 소리가 목구멍 바로 아래까지 올라올 정도였다.

현수 역시 상당히 많은 양을 섭취했다. 로잘린을 배려한 것이다. 그러는 동안 국왕과 갈리아 공작, 그리고 할만 공작 등은 정중히 양해를 구하곤 자리를 비웠다.

긴급 어전회의를 개최하기 위함이다.

라이서 제국에서 마탑주의 장인이 될 에델만 백작을 공작으로 승작시켰다는 때늦은 보고를 받은 때문이다.

제국에서 공작이라면 왕국에선 공왕으로 모셔야 함이 마땅하다. 그렇기에 긴급회동이 이루어진 것이다.

즉석에서 국왕과 두 명의 공작, 그리고 세 명의 후작이 모여 의견을 주고받았다. 그리곤 돌아왔다.

현수가 로잘린의 입가에 묻은 소스를 다정스레 닦아줄 때 국왕이 다가온다.

"험험! 잠시 실례했습니다. 로드!"

"아! 네에. 괜찮습니다. 그나저나 음식이 입에 맞네요."

"그렇습니까? 그거 참 다행입니다."

국왕은 만면에 환한 미소를 짓고 있다. 현수와 적으로 만나지 않은 게 정말 다행이라는 마음 때문이다.

"같이 드시지요."

"그럼, 그럴까요? 그전에 건배 제의를 드리고 싶습니다."

"아! 그래요? 그럼 그러시죠."

국왕은 현수와 로잘린을 미소 띤 얼굴로 바라보고는 나이프를 들어 주석잔을 두드렸다.

땡, 땡─!

두 번의 금속음이 들리자 곁을 지키고 있던 왕실 시종이 의전용 스태프로 바닥을 두드린다.

쿵, 쿵, 쿵─!

"귀족 여러분! 모두 정숙해 주십시오. 이제부터 존엄하신 국왕 전하의 말씀이 있으시겠습니다."

"……!"

여기저기서 소곤대던 귀족과 그의 아내들, 그리고 수행원들 모두 입을 다문 채 상석의 국왕에게 시선을 집중한다.

이들을 잠시 둘러본 국왕이 낮으면서도 위엄에 찬 음성으로 이야기를 하기 시작한다.

"오늘 본국은 참으로 귀한 분을 손님으로 맞이하였다. 모든 마법사와 검사들의 정점인 위저드 로드이시며 그랜드 마스터이신 하인스·멀린 킴 드 셰울님을 존경하는 마음을 담아 진심으로 환영하여야 할 것이다."

모두의 고개가 말없이 끄덕여진다. 너무도 당연한 이야기이기 때문이다.

"아다시피 마탑주께서는 테세린 영지의 로잘린 양과 미래를 함께하시기로 하셨다. 이에 짐은 우정의 뜻으로 테세린의

영주 데니스 로니안 드 테세린 자작에게 공작위를 제수하고 자 한다. 이에 이의 있는 자 앞으로 나서라!'

마탑주가 빤히 바라보고 있는 이 상황에서 어찌 입을 벙끗하겠는가. 모든 귀족과 그의 부인들, 그리고 수행원들은 고개만 끄덕일 뿐이다.

놀란 표정을 짓고 있는 이는 로니안 자작 본인과 세실리아, 그리고 로잘린뿐이다.

잠시 말을 멈춘 국왕이 로니안 자작에게 시선을 준다.

"로니안 자작! 짐의 앞에 서게."

"네, 전하!"

"자작 부인도 함께하시오."

"네, 전하!"

세실리아 자작부인은 공손히 고개 숙이곤 남편을 따라 국왕의 면전으로 이동했다.

그러는 동안 국왕은 시종으로부터 예식용 검을 받아 들었다. 작위 수여식 때에만 사용되는 것으로 초대 국왕의 애병인지라 상징적 의미가 있는 것이다.

"테세린의 영주 데니스 로니안 드 테세린은 미판테 왕국의 근본인 짐과 왕실에 대한 충성을 맹세하겠는가?"

"네, 전하! 충성을 다하겠나이다."

"데니스 로니안 드 테세린은 짐을 위한 검이 되겠는가?"

"물론이옵니다. 전하!"

"좋다! 나 미판테 왕국의 국왕 홀랜드 커드버리 폰 미판테는 데니스 로니안 드 테세린의 깊은 충성심을 받아들이며 본국의 공작위에 제수하는 바이다. 이는 선대 국왕으로부터 이어져 내려오는 전통에 따라 대대손손 이어질 것이다."

말을 마친 국왕이 예식용 검으로 로니안 자작, 아니, 로니안 공작의 두 어깨와 정수리에 가볍게 얹어졌다 떨어진다.

모든 행위가 끝날 때까지 로니안은 붉게 상기된 표정을 짓고 있었다. 믿어지지 않는 현실 때문이다.

곁에 있던 세실리아 공작부인 역시 얼굴이 붉어져 있다. 미판테 왕국의 고위귀족이 되는 순간이기 때문이다.

다음 순간 국왕의 음성이 이어진다.

"짐은 승작을 축하하는 의미로 로니안 공작에게 루데란과 마인테, 그리고 데라실 영지를 내리노라."

방금 언급된 세 영지는 얼마 전 창궐했던 전염병 덕에 영주 일가가 모두 죽은 곳이다.

하여 얼핏 생각할 땐 척박한 영지처럼 느껴진다. 하지만 이는 위생관념이 없어서 벌어진 일일 뿐이다.

루데란 영지엔 철광산이 있고, 마인테 영지엔 구리광산이 있다. 마지막 데라실 영지는 뜨끈뜨끈한 온천수가 뿜어져 나오는 곳이다. 아울러 비옥한 토지 또한 넓은 곳이다.

테세린과 합쳐지면 명실상부한 공작령이 되며, 상당한 상승효과를 보일 수 있을 것이다.

"감사하옵니다. 전하!"

로니안 공작이 허리를 숙여 예를 갖추자 국왕의 입이 다시 열린다.

"로니안 공작에겐 따로 수도에 거처를 마련해 줄 것이니 부디 짐의 곁에 머물기를 바라노라."

공작이 되었으니 당연한 일이다.

이제 미판테 왕국의 대소사를 결정할 때 로니안 공작은 막강한 영향력을 갖게 되었다. 다시 말해 권력의 핵심에 있다. 그 책무를 다하려면 당연히 수도에 머물러야 한다.

"네! 전하. 감사하옵니다."

로니안 공작이 고개를 숙일 때 세실리아 부인의 입가엔 미소가 어려 있다.

남편은 이제부터 공작이다. 어떤 사교계에 발을 들여놓더라도 감히 왕따시킬 수 없는 존재가 된 셈이다.

테세린에 있을 때는 인근 귀족들과의 모임에 참석할 때마다 약간씩 짜증이 났다. 빼어난 미모를 시기한 다른 귀족 여인들의 눈에 보이지 않는 견제가 있었던 때문이다.

로니안 자작이 귀족으로선 거의 유일무이하게 부인을 하나만 둔 것도 크게 작용되었다.

다른 귀족가에서 흔히 벌어지는 여인들 간의 암투와 모략을 겪지 않으니 스트레스 받을 일이 거의 없다. 하여 피부와 미모가 또래에 비해 좋았던 것도 질투의 대상이었다.

최근엔 현수가 준 각종 화장품의 은혜를 입어 더욱 고운 피부를 갖게 되었다. 하여 은근한 질시를 많이 받았다.

국왕은 세실리아 부인에게 시선을 주었다.

"짐은 공작부인의 태중에 있는 아이에게 이름을 지어주고자 하는데 받아들이시겠소?"

"…지극한 영광이옵니다. 전하!"

국왕이 태중의 아이에게 이름을 내린다 함은 왕위를 내놓는 그날까지 후견인이 되어주겠다는 뜻이다.

또한 로니안 자작이 죄를 지어 치죄를 당하더라도 세실리아 부인과 아이는 용서하겠다는 의미도 내포하고 있다.

세실리아는 당연히 더욱 상기된 표정이 된다.

"사내라면 알렉산더, 여아라면 비앙카라 부르시오."

알렉산더는 아르센 대륙에선 '강철처럼 강한 사내' 라는 의미를 가졌고, 비앙카는 '더없이 고결하다' 는 의미를 가진 이름이다. 하여 세실리아 부인은 감읍할 지경이다.

"저, 전하. 감사하옵니다."

"그리고, 이것은 짐이 하사하는 예물이라오."

국왕이 시종으로부터 건네받아 준 것은 커다란 요람이다.

왕자와 공주가 태어났을 때 병에 걸리지 말고 영특하게 자라라는 의미로 신관의 축복을 받은 것이라 아주 화려하다.

요람의 곁에는 왕가의 문장까지 장식되어 있다. 따라서 아이가 요람 안에 있다면 어느 누구도 해를 끼치지 못한다.

아이에게 위해를 가하는 것이 곧 왕실에 대한 도전이라는 의미를 갖게 되기 때문이다.

어미로서 어찌 기쁘지 않겠는가!

"참으로 감사하옵니다. 전하!"

세실리아 부인은 크게 고개를 숙인다. 정말 마음에 드는 선물이었던 때문이다.

현수와 로잘린의 얼굴에도 미소가 어려 있다. 기분 좋은 일이 계속되고 있기 때문이다.

잠시 흐뭇한 표정으로 시선을 주던 국왕이 다시 한 번 신하들을 둘러보곤 입을 연다.

"오늘 본국은 큰 경사를 맞이했다. 짐은 새로 창설된 로니안 공작가를 기념하기 위해 향후 7일간 축하연을 베풀 것인즉 모두 참석하여 자리를 빛내주기를 바란다."

"네, 전하!"

모든 귀족이 허리를 접는다.

CHAPTER 04
다시 라수스 협곡으로

전능의팔찌
THE OMNIPOTENT
BRACELET

　국왕은 왕비와 함께 퇴장했다. 로니안 공작 부부가 귀족들의 하례를 받을 환경을 조성해 주기 위함이다.

　가장 먼저 왕자들이 다가와 축하의 인사를 건넸다.

　왕족이지만 국가의 대소사는 물론이고, 차기 왕위 결정에도 관여할 위치가 되었기 때문이다.

　공주들 역시 공손히 예를 갖춘다. 왕가의 여자들은 의례히 정략결혼을 하게 된다.

　공작들은 자신들의 혼처를 추천하거나 결정하는 데 관여한다. 그렇기에 평소와 달리 조신한 모습을 보였다.

다시 라수스 협곡으로 79

공작들에게 밉보이면 아주 나이 많은 사람의 열 번째 부인쯤이 된다. 그러면 금방 과부가 되고 평생을 외롭게 살게 된다. 하여 좋은데 시집가게 해달라는 미소를 지어 보였다.

왕족의 하례가 끝난 후에 갈리아 공작과 할만 공작이 다가와 경하의 말을 건넸다.

갈리아 공작은 재상으로서 내치에 힘쓰는 자리에 있었고, 할만 공작은 총사령관으로서 국방을 책임지고 있다.

둘은 로니안에게 외교를 맡아달라 하였다.

이실리프 마탑주가 파이렛 군도를 정벌하고 이실리프 왕국으로 선포할 것이라는 귀띔을 받은 바 있기 때문이다.

이것이 정식으로 선포되면 대륙의 이목은 집중될 것이다. 거의 모든 마법사가 한 번쯤 방문하려 할 것이고, 기사들 역시 수없이 발걸음을 옮기게 될 것이다.

이실리프 왕국은 이런 방문객들이 뿌리는 돈만으로도 충분히 유지될 것이다.

그때가 되면 대륙의 어느 나라도 이실리프 왕국과 척지기를 원치 않을 것이다. 이런 상황에서 이실리프 왕국과의 관계를 가장 잘 조율할 수 있는 인물은 당연히 로니안 공작이다.

로잘린은 이실리프 왕국의 2왕비가 된다.

미판테 왕국이 위기 상황에 처하면 도우려 할 것이다.

다시 말해 아주 오랫동안 평화를 구가할 수 있기에 외교의 책무를 떠맡긴 것이다.

어쨌거나 로니안 공작과 세실리아 부인은 미판테 왕국의 주요귀족 전원의 인사를 받았다.

대륙 최강인 이실리프 마탑의 마탑주이자 위저드 로드이고, 그랜드 마스터이기까지 한 현수를 사위로 두었으니 얼마든지 고개를 뻣뻣하게 들어도 된다.

하지만 공작과 공작부인은 그렇게 하지 않았다. 천성이 그러하지 못하기 때문이다.

인사하는 모든 귀족에게 진심 어린 웃음을 보이며 앞으로 잘 지내기를 먼저 청했다.

참으로 기품 있어 보이는 모습이다.

현수는 둘을 보면서 괜찮은 장인, 장모를 만나게 되었다 생각하며 흐뭇한 미소를 지었다.

국왕의 선포대로 매일매일 연회가 베풀어졌다. 제한 없이 술과 고기, 그리고 각종 음식이 만들어졌다.

모두 최고급이라 할 수 있는 것들이다.

그러는 동안 로니안 공작과 세실리아 부인, 그리고 로잘린 등은 국왕이 하사한 저택에 머물렀다. 권력의 실세가 된 사람에게 걸맞은 화려하면서도 웅장한 대형 저택이다.

모스크바와 킨샤사에 있는 저택보다 최소 10배 이상 큰 부지에 조성된 각종 건축물은 예술품이라 해도 좋을 정도로 화려하게 지어진 것이다.

공작 일가가 입주하자 거의 모든 귀족으로부터 선물세례가 이어졌다.

금은보화와 각종 장식물 등이 가히 산더미라 해도 좋을 정도로 많이 쇄도했다.

이 밖에 시녀와 노예를 선물한 이도 많았다.

마법사와 기사들도 상당수 방문했다.

이들은 로니안 공작가에 몸을 의탁하고 싶다는 뜻을 피력했다.

위저드 로드이자 그랜드 마스터가 사위인지라 한 수 배워보려는 의도가 엿보였다. 아무튼 모든 게 너무도 만족스러운 나날이 흘렀다.

한편, 현수는 왕궁 내 영빈관이라 할 수 있는 궁전에 머물렀다. 이실리프 왕국이 선포되면 국왕이 될 것이기 때문이다.

그리고 공작은 공작대로 현수는 현수대로 접견해야 할 사람이 너무 많기 때문이다.

가장 먼저 근위기사단장과 기사 전원이 달려왔다.

친히 가르침을 내려주었다는 것을 깨닫고 감사의 뜻을 표하러 온 것이다.

갈리아 공작과는 마법에 대한 의견을 주고받았고, 할만 공작은 대련을 했다. 둘 다 지극히 만족한 표정을 지었다.

각자의 길에서 진보를 이룬 때문이다.

다른 귀족과 마법사들도 매일 방문하여 접견을 청했다.

현수는 마다하지 않고 만나줬다. 지금은 로니안 공작가에 힘을 실어줘야 하는 상황이고, 곧 태동하게 될 이실리프 왕국과 우호적인 귀족이 많이 필요한 시기이기 때문이다.

접견자 중에는 미판테 왕국에서 가장 규모가 큰 아렌시아 상단의 상단주도 있었다.

테세린과 유카리안 영지의 영지전 결과 마나석 광산 채굴권을 잃게 된 상단이다.

그때 많은 손실을 입었지만 아렌시아 상단은 로니안 자작에게 아무런 항의도 하지 않았다. 그래 봤자 소용없음을 알기에 일찌감치 포기한 결과이다.

그런 그가 현수에게 접견을 청한 건 자신들의 손실을 만회할 기회가 있을지 모른다는 첩보 때문이다.

이실리프 왕국은 해적의 본거지였기에 상공업이 발달되어 있지 않다. 그곳에 교두보를 얻을 수만 있다면 그때의 손실이 만회될 것이기에 만나기를 청했던 것이다.

현수는 기꺼이 허락해 주었다. 자신으로 인한 손해를 인정한 결과이다.

이런 접견이 이루어지는 동안 사람을 보내 카시발과 루시를 데리고 왔다.

그들을 데리러 갔던 근위기사의 입에서 현수가 이실리프 마탑주이자 그랜드 마스터라는 말을 들은 여관 주인 등은 기절할 정도로 놀랐다.

하여 한동안 묻는 말에도 대답하지 못했다.

아무튼 두 아이가 오자 로잘린은 웬 아이들이냐며 눈을 크게 뜬다. 뉴에튼과 현수는 아무런 연관도 없는 곳이기 때문이다. 모든 설명을 듣고는 어찌할 것인지를 묻는다.

"얘들? 이실리프 왕국에 데려다 놓으려고. 거기서라면 고아라 하더라도 아무런 편견 없는 대접을 받으며 살 수 있을 테니까."

"이실리프 왕국이요? 자치령이 아니구요?"

국왕과 공작들은 알지만 로잘린의 귀에는 아직 왕국이 선포될 것임이 흘러들지 않은 모양이다.

아무튼 로잘린은 카이로시아로부터 바세른 산맥에 조성되고 있는 자치령에 관한 이야기를 모두 들은 바 있다.

"그래! 파이렛 군도를 모두 장악했어. 그 섬들로 이루어진 국가를 선포하려고 해."

"그, 그게 이실리프 왕국이에요?"

로잘린의 눈이 커진다. 현수의 말이 사실이라면 자신은 카이로시아에 이은 제2왕비가 되는 셈이기 때문이다.

"그래! 귀족들이 없는 나라를 한번 꾸려보고 싶어서. 이실리프 자치령은 그러기엔 땅 덩어리가 너무 작잖아."

"세상에 맙소사……!"

로잘린은 입을 딱 벌렸다. 스케일이 커도 너무나 크고, 일 처리가 너무도 거침이 없기에 놀란 것이다.

그러고 보니 현수는 충분히 그럴 만한 능력이 있는 인물이다.

이런 사내의 아내가 되어 평생을 함께하게 되었다는 것이 행복하다. 하여 살포시 현수의 어깨에 머리를 기댔다.

현수가 로잘린과 함께 다정히 왕궁 정원을 거닐고 있는 동안 국왕은 세 명의 공작과 더불어 왕국의 미래에 관한 의견을 주고받고 있다.

아드리안 공국을 집어삼키면서 영토와 더불어, 백성들의 수효를 늘리는 한편 전략물자인 미스릴을 확보함으로써 국부를 늘리려는 것이 애초의 목적이었다.

후엔 삼국연합을 맺었던 엘라이 왕국과 쿠르스 왕국과 긴밀히 지내면서 힘을 키우려 했다.

세 나라의 목표는 수년째 지속되고 있는 제국들의 전쟁이 끝났을 때 힘들이지 않고 알곡을 수확하는 것이다.

라이서 제국과 크로완 제국은 총력을 기울여 카이엔 제국의 여기저기를 치는 중이다. 매 앞에 장사 없고, 한 주먹으론 두 주먹을 감당하기 어렵다.

따라서 카이엔 제국의 몰락은 예견된 일이다.

저쪽은 잃을 게 별로 없는 반면 카이엔 제국은 가진 게 많아 잃을 것도 많기 때문이다.

그때 삼국연합은 힘 빠진 라이서 제국 또는 크로완 제국의 뒤통수를 칠 생각이었다.

지친 상대와 끊임없이 준비한 삼국연합의 대결 결과는 카이엔 제국 거의 전부를 집어삼키는 결과를 야기할 것으로 예측되었다.

그때를 대비하여 삼국은 혈맹을 맺고 있었다. 각 나라의 국왕 또는 왕자와 공주들이 결혼을 하고 있었던 것이다.

미판테 국왕의 막내 여동생은 엘라이 왕국 국왕의 6번째 아내가 되었다. 큰딸은 쿠르스 왕국 제1왕자의 3번째 아내가 되었다.

엘라이 왕국의 2공주는 로잘린에게 청혼했다 딱지 맞은 왕자의 아내가 되었고, 3왕자는 쿠르스 왕국의 1공주를 아내로 맞이하였다.

세 왕궁이 혈연을 맺는 이유는 모든 일이 끝난 후 서로가 뒤통수치는 일을 미연에 방지하기 위함이다.

그런데 모든 일이 물거품이 되었다. 이실리프 마탑의 등장이 야기한 일이다.

처음엔 전전긍긍했다. 언제 마탑주의 헬 파이어가 혹은 미티어 스트라이크가 뉴에튼에 퍼부어질지 모르기 때문이다.

그런데 지금은 완전히 달라졌다.

비록 아드리안 공국을 어쩌진 못했지만 대륙에서 가장 강한 무력을 가진 이실리프 왕국과 연을 맺게 되었다.

결코 평범한 인연이 아니다.

미판테 왕국 공작가의 공녀가 이실리프 왕국의 제2왕비가 된다. 아주 단단한 교두보가 만들어진 셈이다.

그렇기에 정식으로 왕국 선포가 이루어질 때 어떤 지원을 할 것인지를 숙의하고 있는 것이다.

"아뢰옵기 황송하오나, 전하! 이실리프 왕국은 오랫동안 해적들의 근거지였습니다. 마탑주님의 뜻에 따라 해적 행위를 하지 못하게 되었으니 당분간 식량과 각종 생필품 등이 많이 필요할 것이옵니다."

"그럼 예물로 식량과 생필품을 지원하자는 말씀이시오?"

국왕의 시선을 받은 에드가 롤랑 폰 갈리아 공작이 크게 고개를 끄덕인다.

"그러하옵니다. 금은보화도 좋지만 당장에 도움 되는 것이 더 좋을 것이라 생각하옵니다."

국왕이 일리 있는 생각이라는 뜻으로 고개를 끄덕일 때 할만 공작이 입을 연다.

"식량과 생필품도 필요하겠지만 노동력 또한 필요할 것이니 노예와 빈민들도 보내주심이 어떨까 합니다."

"노예와 빈민?"

"네, 파이렛 군도, 아니, 이실리프 왕국은 인구가 고작 300만이옵니다. 국가라 하기엔 너무 적은 인원이지요. 그러니 일할 수 있는 노예나 빈민들을 보내는 것도 우호선린 관계를 위해 좋을 듯하옵니다."

"흐음! 공작은 어찌 생각하시오?"

국왕의 시선을 받은 로니안 공작은 잠시 생각을 정리했다. 현수의 장인이 되니 쉽게 말을 할 수 없기 때문이다.

"듣자 하니 이실리프 왕국은 현재 농지개발에 열을 올리고 있다 합니다. 그러니 할만 공작님의 말씀대로 노동력이 있는 노예와 빈민을 보내주는 것도 괜찮을 것 같습니다."

"흐음! 그래요? 그럼 그렇게 합시다. 갈리아 공작은 우리가 지원해 줄 수 있는 식량과 생필품을 점검해 주십시오."

"네! 전하!"

"할만 공작은 송출할 수 있는 노예들을 확인하고, 빈민들 가운데 이주를 원하는 자가 있거든 챙기십시오."

"알겠사옵니다. 전하!"

두 공작에게 임무를 부여한 국왕은 로니안 공작에게 시선을 돌린다.

"공작이 되었고, 새로운 영지도 생겼으니 일단 영지로 가십시오. 그런 연후에 아드리안 공국부터 방문해 주십시오."

"아드리안 공국이요?"

이실리프 왕국이 아닌 아드리안 공국부터 가라고 하자 의아하다는 표정을 지었다.

"그곳은 마탑주님이 보호를 선포하신 나라입니다. 잠시 사이가 안 좋았지만 이실리프 왕국처럼 우호관계를 가져야 할 나라입니다. 가서서 무엇이 필요한지 알아 오십시오."

"그곳도 지원하실 생각인 겁니까?"

"그래야 하지 않겠습니까? 우리가 국경을 봉쇄한 기간이 제법 되었으니 생필품 등이 떨어졌을 것으로 사료됩니다."

"…그렇겠군요. 알겠습니다. 명에 따르겠습니다."

"다만 무료는 아닙니다. 무슨 뜻인지 아시지요?"

"물론입니다."

국왕과 세 공작의 숙의는 한동안 이어졌다.

그 결과 이실리프 왕국과 아드리안 공국에 왕국대표부를 설치하기로 했다. 양국 간 긴밀히 협의할 문제가 발생되었을 때 시간을 절약하기 위한 조치이다.

아울러 상호간의 교역을 장려하기 위함이기도 하다.

입장을 정리하고 자리에서 일어서려는데 근위기사단장이 들어선다. 늘 대기하고 있는 시종장이 먼저 방문을 알리고 허락을 구하는 모양새가 아니다.

다시 말해 절차를 지키지 않고 들어선 것이다. 그리고 뭔가 그리 급한지 약간 헐떡이고 있었다.

"전하! 긴급히 보고드릴 사항이 있사옵니다. 헉헉!"

"긴급 보고?"

"네, 드로렌 영지와 갈바란 영지에 몬스터들이 출몰하고 있다는 전갈이 왔사옵니다. 헉헉!"

"그야 몬스터가 오면 퇴치하면 될 일 아닌가?"

국왕과 공작들은 별일 아니라는 표정으로 기사단장을 바라본다. 협곡에 서식하던 몬스터들이 인근 영지를 습격하는 일은 다반사이기 때문이다.

각 영지의 영주들은 이런 것을 대비하여 기사와 병사를 조련시키고, 수시로 퇴치를 위한 토벌작전을 전개한다.

아무튼 두 영지는 현수가 라수스 협곡을 통과하였을 때 방문했던 케발로 영지 남쪽에 있는 것들이다.

할만 공작의 지적에 근위기사단장은 그게 아니라는 듯 고개를 좌우로 흔든다.

"아닙니다. 그 정도가 아닙니다. 앞으로 20년 후에나 있을 몬스터 러시 현상이 빚어졌다고 합니다."

"뭐라? 레드문 기간도 아닌데 몬스터 러시라고?"

아르센 대륙엔 거의 50년마다 한 번씩 붉은 달이 뜬다. 그때가 되면 거의 모든 몬스터가 미쳐서 날뛴다.

자신들의 서식지를 벗어나 대륙 각지를 종횡하곤 했다. 그

과정에서 많은 피해가 발생되기에 이에 대한 대비를 하지만 늘 피해가 컸다.

수많은 희생자가 발생되곤 했는데 이로 인해 멸망된 왕국이 제법 많다.

이를 몬스터 러시가 칭한다.

하여 갈리아 공작이 무슨 소리냐는 표정으로 반문한다.

"네! 드로렌 영지의 경우 오크 2만여 마리, 트롤 500여 개체, 오거 400여 마리가 두 영지를 휩쓸고 있다 합니다."

"뭐라? 드로렌에 오크 2만에 트롤 500, 그리고 오거 400마리가 쳐들어왔다고?"

"네! 너무 많아 정확한 수는 헤아릴 수 없으나 그게 최하라 했사옵니다."

"허어……! 그게 최하라고?"

모두 말도 안 된다는 표정이다. 웬만한 영지의 힘으로는 도저히 감당할 수 없는 수이기 때문이다.

방금 언급된 드로렌 영지는 남작이 영주이다. 영지민의 수효가 대략 40,000명 정도인 곳이다.

사지 멀쩡하고 힘 좋은 사내들의 수효가 아니다. 어린아이와 늙은이, 그리고 힘없는 여자들까지 모두 포함된 것이다.

기사단장의 보고대로라면 전멸할 우려가 있다. 그렇기에 저도 모르게 반문한 것이다.

아무튼 국왕의 반문에 근위기사단장은 얼른 고개를 끄덕인다.

"네! 드로렌 영지의 경우는 영주는 물론이고 그 가족까지 모두 목숨을 잃었다 하옵니다."

"허어……!"

영주가 몬스터들에 의해 목숨을 잃었다 함은 기사와 병사들이 전멸했음을 의미한다. 목숨으로 충성을 맹세한 이들이기 때문이다. 하여 모두가 입을 딱 벌렸다.

이에 기사단장이 재차 말을 잇는다.

"전하! 갈바란 영지의 마법사가 긴급히 구원요청을 하였사옵니다. 드로렌 영지의 남은 영지민들은 모두 폐광에 은신해 있다 하옵니다. 갈바란 영지는 현재 내성에서 몬스터들에게 대항하고 있으나 몹시 위험한 지경이라 하옵니다."

"이런……!"

"속히 중앙군을 투입하셔야 할 듯하옵니다."

더 이상 보고할 사항이 없다는 듯 단장이 입을 다문다.

"할만 공작!"

"네! 전하."

"지금 즉시 중앙군 3개 군단을 투입하여 몬스터들을 소탕하십시오."

"명에 따르옵니다."

미판테 왕국의 1개 군단은 200명의 기사와 20,000명의 병사로 구성되어 있다.

영지에서 강제징집한 농노병이 아닌 정예병이다. 따라서 기사 600명과 병사 60,000명을 파견하면 몬스터들을 저지할 수 있을 것이라 생각한 것이다.

"갈리아 공작!"

"네! 전하!"

"협곡 내부에 무슨 문제가 발생한 듯싶소. 라수스 협곡 인근 영지마다 통신을 보내 경계를 단단히 하라 이르시오."

"네, 전하!"

갈리아 공작이 고개를 끄덕일 때 시종장이 다급한 걸음으로 들어선다.

"전하! 전하!"

"왜 그러나?"

"큰일 났사옵니다. 협곡 서쪽 영지들에 몬스터들이 대거 난입하여 쑥대밭이 되고 있다 하옵니다."

"무어라?"

협곡 서쪽이라면 라수스 협곡을 지나서이다. 아무리 긴급한 상황이 발생되어도 중앙군을 투입할 수조차 없는 곳이다.

그러려면 수천 ㎞를 이동하여야 하기 때문이다.

그리고 워낙 험하고 먼 길인지라 가는 동안 적어도 절반은 목숨을 잃을 정도이다. 피로와 질병, 그리고 몬스터들의 습격으로 인한 결과이다.

"어, 어느 정도라 하는가?"

순식간에 나라 전체가 엉망이 될 것이라 생각했기에 국왕은 저도 모르게 말을 더듬고 있다.

"마법사들의 보고에 의하면 라수스 협곡 서쪽의 거의 모든 영지로 작게는 수백, 많게는 수만 마리의 몬스터가 쏟아져 들어오고 있다 합니다."

국왕과 3명의 공작은 이해되지 않는다는 표정이다.

"허어! 대체 왜……?"

영지마다 몬스터에 대한 대비는 어느 정도 되어 있지만 협곡 건너편 영지들이 입을 피해가 만만치 않을 것이다. 이런 일은 한 번도 일어난 적이 없기 때문이다.

레드문 현상 때문에 몬스터 러시가 일어나도 늘 출몰하는 지역이 정해져 있다. 이처럼 국가 전체로 번진 경우는 없었다.

그렇기에 국왕의 입에서 나직한 침음이 터져 나온다.

"끄으응!"

갈리아 공작과 할만 공작은 즉각적인 대처방안을 내놓지 못하고 있다. 협곡 서쪽으로 파견할 병사가 없기 때문이다.

하여 이맛살을 좁힌 채 해결방안을 모색했다. 그러던 중 할만 공작의 눈이 크게 떠진다. 뭔가 생각났다는 표정이다.

"로니안 공작!"

"네, 공작님!"

"호, 혹시 마탑주님의 도움을 얻을 수 있을는지요?"

"네? 하인스 마탑주의 도움이요?"

마탑주가 가공할 능력을 지는 것만은 분명하다.

하지만 몸뚱이는 하나뿐이다. 특정 영지 하나를 구해달라는 정도의 청이면 충분히 가능할 것이다.

헬 파이어 같은 대단위 마법 한 방이면 오크 20,000마리 정도는 거뜬하게 처리할 수 있을 것이다.

트롤과 오거가 오크보다 상위포식자라고는 하지만 이들역시 헬 파이어로 모조리 제거될 수 있다.

길이 20m짜리 검강도 마찬가지이다.

아무리 힘센 몬스터라 할지라도 바위마저 두부처럼 베어버리는 검강을 견뎌낼 수는 없다.

심지어 마법의 조종, 위대한 존재, 중간계의 조율자라 불리는 드래곤조차 그랜드 마스터와의 대결에서 반드시 이긴다는 보장이 없다.

다시 말해 그랜드 마스터는 충분히 드래곤 슬레이어가 될수 있다. 그러니 이 세상 어떤 몬스터라도 현수를 당해내지못할 것이다.

하지만 몸이 하나인지라 여러 영지를 동시에 구원할 수는 없다. 하여 로니안 공작은 무슨 뜻이냐는 표정으로 할만 공작을 바라보았다.

"우리가 입수한 첩보에 의하면 마탑주께서 라수스 협곡의 지배자인 라이세뮤리안님과 친분이 있다 하오."

"아! 그건……."

로잘린으로부터 들은 이야기가 있기는 하다.

레드 드래곤 라이세뮤리안 옥타누스 카로길라아지바랄과 골드 드래곤 제니스케리안 인터누스 지노타루이마덴은 사위가 될 하인스와 아주 긴밀한 관계이다.

하여 현수가 보살펴야 하는 아드리안 공국의 수호룡으로 선포를 할 예정이라는 것이다.

"공작! 하인스 마탑주께 청을 한번 해보시오."

"……!"

국왕과 갈리아 공작 역시 로니안 공작에게 시선을 준다.

아무런 말도 하지 않았지만 할만 공작의 말처럼 사위에게 부탁해 달라는 뜻이다.

"알겠습니다. 말을 해보지요."

"그럼, 다녀오세요."

국왕의 말에 로니안 공작은 고개를 끄덕이곤 일어섰다.

다른 사람 같으면 불러서 이야기했을 것이다. 하지만 이실리프 마탑주는 오라 가라 할 수 있는 존재가 아니다.

무엇을 이야기하든 세상에서 가장 정중히 청해야 할 사람이다. 그렇기에 공작이 직접 발걸음하게 한 것이다.

"아! 그래요? 알겠습니다. 가보지요."

로니안 공작의 이야기를 들은 현수는 크게 고개를 끄덕였다.

"사위! 갈 때 우리도 같이 갔으면 하네."

"왜요?"

몬스터들을 처리하러 가는데 로니안 공작은 별 도움이 되지 못한다. 검법 또는 마법 어느 것도 대성한 바 없기 때문이다.

하여 현수는 무슨 의도냐는 표정으로 바라보았다.

"라수스 협곡을 지나갔으면 좋겠는데 불가능할까?"

테세린으로 가려면 왔던 길을 되돌아가야 한다. 그런데 너무도 멀고, 험난하다.

라수스 협곡을 지나고 못 지나고는 순전히 라이세뮤리안의 의지에 달려 있다. 그런데 현수가 그와 친분이 있다 하니 가는 길이라도 조금 쉬웠으면 하는 뜻이었던 것이다.

"아! 네에. 알겠습니다. 같이 가시지요."

"고맙네. 그럼 준비하라 이르겠네."

"네! 그러세요."

CHAPTER 05
드래곤의 제자

전능의팔찌
THE OMNIPOTENT
BRACELET

현수가 고개를 끄덕이자 로니안 공작은 얼른 물러간다. 한
시라도 빨리 영지로 되돌아가고 싶은 것이다.

공작이 되어 권력 실세가 되었지만 매우 불편하다. 줄을 대
려는 여러 귀족들 때문이다.

가만히 살펴보니 이해득실에 따라 오른쪽에 붙었다 왼쪽
에 붙었다는 반복하는 박쥐같은 자들이 대부분이다.

로니안 공작은 이런 자들이 해대는 갑론을박을 듣고 있는
것 자체가 고통스러웠던 것이다.

하여 핑계를 대고 수도를 떠나려는 것이다.

"그나저나 무슨 일이지? 아무튼 할 일은 해야지."

"국왕 전하! 조금 전 로니안 공작님으로부터 몬스터 러시에 관한 이야기를 들었습니다."

"네! 우리 미판테 왕국이 위기에 처한 듯싶습니다. 잘 부탁드립니다, 마탑주님!"

국왕은 정중히 고개 숙인다. 로니안 공작이 자리를 뜬 이후 계속된 보고에 머리가 지끈거리던 중이다.

라수스 협곡을 중심으로 좌우의 거의 모든 영지로부터 몬스터 러시에 관한 긴급한 보고가 계속된 때문이다.

보고받은 영지의 수만 현재 21개나 된다. 서로 먼저 구원해 달라는 요청을 했지만 뾰족한 수가 없다.

대부분의 영지가 중앙군이 파견되기 힘든 지역에 있기 때문이다.

그걸 알면서도 왕궁에 지원을 요청한 이유는 인근 영지의 도움을 받아도 견뎌내기 힘들 정도이기 때문이다.

지금껏 보고된 내용을 확인해 보면 라수스 협곡 안에 있던 몬스터 거의 전부가 쏟아져 나오는 모양이다.

머리 한 번 숙인다고 돈 나가는 것 아니다.

몬스터 러시를 잠재울 수 있다면 국왕이지만 체면 따윈 버릴 수 있다.

안 그러면 나라의 존립 자체가 어렵기 때문이다.

"알겠습니다. 제가 가서 살펴보도록 하겠습니다. 너무 심려치 마십시오."

"네! 마탑주님만 믿겠습니다."

"출발 전에 전하께 드릴 말씀이 몇 가지 있습니다."

"하십시오."

"우선 파이렛 군도에 관한 이야기입니다. 그곳은……."

현수는 이실리프 왕국의 건국에 관한 이야기를 먼저 꺼냈다. 국왕은 당연히 선린우호 관계를 유지하는 국가가 되겠다는 뜻을 표했다.

다음은 아드리안 공국의 왕국 선포에 관한 이야기이다.

이것 역시 흔쾌히 받아들여졌으며 두 나라와의 교역과 친분에 각별히 신경 쓰겠다는 대답을 들었다.

다음은 로잘린과의 결혼식 이야기이다.

원래는 테세린에서 할 예정이었으나 이실리프 왕국이 건국되므로 코리아도라 명명한 본섬에서 치러질 예정임을 알렸다. 그때 와서 축복해 달라고 하였다.

국왕의 고개는 몇 번이나 위아래로 끄덕여졌다.

"당연합니다. 우리 왕국의 수뇌부 전원을 이끌고 참석토록 하겠습니다."

"참! 미판테 왕국 동단에 있는 아르가니 에이런 판 포인테

스 후작의 손녀 케이트 에이린 판 포인테스 양도 저의 신부가
될 것입니다."

"네에? 그, 그게 무슨 말씀이십니까?"

국왕의 눈이 또 커진다. 처음 듣는 이야기이기 때문이다.

얼마 전, 포인테스 후작이 7서클에 오른 것 같다는 보고가
올라왔다. 왕국의 모든 영지를 돌아다니며 첩보를 수집하는
왕립정보원에서 올라온 보고이다.

이는 반역하는 무리 또는 흑마법사들을 색출해 내기 위해
조성된 기관이다.

하여 아르가니 후작을 왕궁으로 불러 확인과 함께 치하의
말을 하려 하였다.

미판테 왕국엔 7서클에 이른 마법사가 없어 마탑을 조성시
킬 수 없었다. 아르가니 후작과 갈리아 공작 모두 6서클에 불
과하였던 때문이다.

그런데 마탑이 있고 없고의 차이는 전력도 전력이지만 나
라의 체면과도 관계가 있다. 따라서 아르가니 후작이 7서클
인 것이 확인되면 마탑을 지어줄 생각이었다.

하지만 후작은 오지 않았다. 7서클에 오른 것 같기는 한데
완벽한 깨달음을 얻으려면 시간이 걸린다는 핑계였다.

에이린가는 미판테 왕국에서 가장 유서 깊은 가문이다.

가주인 후작은 현자로 불렸으나 정치엔 관심 없는 마법

사였다.

그렇기에 국사에 대한 의견을 청해도 변변한 대답이 없었다. 그때마다 연구실에 쫙 박혀 있느라 아무도 만나주지 않았기 때문이다. 하여 후작이지만 제쳐놓고 있는 중이다.

다른 마법사들과의 교류 또한 없기에 고서클 마법사이면서도 휘하에 마법사들이 별로 없다.

그런데 느닷없이 후작의 손녀가 이실리프 마탑주의 부인이 된다고 한다.

왕국으로선 경사스런 일이긴 하나 전혀 예상치 못했던 것인지라 국왕은 어안이 벙벙한 표정을 짓는다.

"그리고, 케이트 양은 골드 드래곤 제니스케리안의 제자가 되었음도 알려드립니다."

"네에……?"

국왕의 눈알이 튀어나오려 한다. 인간이 드래곤의 제자가 되었다는 이야기는 들어본 적도 없기 때문이다.

구전되어 오는 옛날이야기 속에 드래곤의 제자였던 사람에 관한 것이 있다.

수천 년 역사 동안 딱 하나뿐이다. 라이서 제국의 초대 황제 알렉산더 폰 라이서가 그 인물이다.

세상 사람들은 드래곤으로부터 마법과 검법을 전수받은 위대한 인간으로 알고 있다. 하지만 이는 사실이 아니다.

실제로는 알렉산더 에머리어스 카르테로사라는 이름을 가진 드래곤이 폴리모프한 인물일 뿐이다.

따라서 케이트는 아르센 대륙 역사상 초유의 상황에 처한 여인이다.

"저, 정말이십니까? 케, 케이트 양이 정녕 위대한 존재의 제자라는 말씀이십니까?"

국왕은 얼마나 당황했는지 말까지 더듬는다.

"그러합니다. 케이트 양은 골드 드래곤 제니스케리안의 제자가 맞습니다."

"허어! 세상에 맙소사……."

국왕은 다리에서 힘이 빠졌는지 털썩 주저앉는다.

"참! 제니스케리안은 드래곤 로드인 옥시온케리안 인터누스 지노타루이마덴의 쌍둥이 동생입니다."

"네, 네에?"

국왕은 얼마나 놀랐는지 눈을 크게 뜬다. 그 결과 눈알이 반쯤 튀어나와 붕어처럼 보인다.

이 순간 국왕의 뇌리는 텅 빈 상태가 되었다. 그야말로 무념무상의 경지에 이른 것이다.

"그리고 아르가니 후작님은 7서클에 오른 게 맞습니다."

"세상에……!"

국왕은 말을 잇지도 못한다. 입만 딱 벌렸을 뿐이다.

위저드 로드가 한 말이다. 다시 말해 아르가니 후작이 진짜 7서클이 되었는지 확인하고 자시고 할 것도 없는 상황이다.

"공작이 되기에 충분하지 않나 생각합니다."

"다, 당연한 말씀입니다. 곧바로 공작으로 승작시키도록 하겠습니다."

"마탑도 지어주실 거죠?"

"그, 그럼요! 그 또한 당연한 말씀이십니다."

국왕은 자신이 무슨 말을 어떻게 하는지 알지도 못하면서 연신 고개만 끄덕인다.

"그럼 이만 물러가지요."

"네! 사, 살펴서 가십시오, 로드!"

국왕은 허리를 깊숙이 숙여 예를 표했다. 저도 모르게 취하는 행동이다.

드래곤 로드를 오빠로 둔 골드 드래곤의 제자 케이트가 현수의 아내가 된다. 라이세뮤리안뿐만 아니라 또 다른 드래곤과 친분이 생긴다는 뜻이다.

마탑주 본인도 건드릴 수 없는 존재이지만 여기에 두 드래곤의 힘까지 합쳐지면 자칫하다간 제국도 망할 수 있다.

무시무시한 무력이 되기 때문이다.

"휴우~!"

현수가 대전 밖으로 나가자 국왕은 저도 모르게 긴 한숨을 내쉰다. 너무도 많이 놀라 조금 늙은 듯한 기분이 든다.

잠시 후, 갈리아 공작과 할만 공작이 대전에 들어선다.

로니안 공작은 라수스 협곡으로 출발하기 위해 준비하는 중이라는 걸 알기에 부르지 않았다.

"소신들을 부르셨사옵니까, 전하!"

"네! 너무도 놀라운 이야기를 들었는지라."

"그렇습니까? 대체 무슨 이야길 들으셨기에… 소신들에게도 말씀해 주십시오."

"그러지요. 조금 전 하인스 마탑주께서……."

국왕의 이야기를 듣던 갈리아 공작과 할만 공작은 의자에서 굴러 떨어질 뻔했다. 다소 우스꽝스런 모습이었지만 어느 누구도 이에 대해 언급하지 않았다.

너무도 놀라운 이야기의 연속이었기 때문이다.

모든 이야기가 끝나자 갈리아 공작이 이마에 솟은 땀을 닦아낸다. 식은땀을 흘린 것이다.

"저, 정말 다, 다행이옵니다."

"휴우~! 정말 그렇습니다. 그간 아르가니 후작에게 너무 소홀했다는 생각입니다."

할만 공작의 말에 고개를 끄덕인 국왕이 입을 연다.

"하여 아르가니 후작을 공작으로 승작시키고, 원하는 곳에 마탑을 지어주어야 할 듯합니다. 경들의 의견은 어떠시오?"

"지극히 당연한 말씀이옵니다. 뜻대로 하시지요."

할만 공작이 크게 고개를 끄덕이며 동의한다. 이때 갈리아 공작이 한마디 거든다.

"저어, 전하!"

"말씀하시오. 공작!"

"로니안 공작과 아르가니 공작가의 세금을 당분간 면제해 주심이 어떨까 합니다."

"세금을 면제해 줘요?"

갈리아 공작은 나라의 재정을 책임지는 재상이다. 그런 사람의 입에서 세금을 받지 말자는 이야기가 나왔다.

공작가에서 내는 세금의 액수가 제법 크다는 걸 누구보다도 잘 아는 사람이다.

"로니안 공작의 경우는 전염병으로 주인을 잃은 세 영지를 추스르면서 그들을 규합하는 데 비용이 필요할 것입니다."

국왕은 고개를 끄덕였다.

루데란 영지와 마인테 영지, 그리고 데라실 영지의 현 상황은 '피폐'라는 두 글자로 설명되기 때문이다.

전염병이 돌 때 거의 모든 가옥을 불태웠다. 게다가 너무 많은 영지민이 죽어 올해 농사는 포기해야 할 지경이다.

과도한 일손 부족 때문이다. 따라서 갈리아 공작의 말대로 추스를 시간적 여유가 필요하다.

포인테스 영지의 경우는 지난 가을 이후 먹을 게 없어 오크를 잡아먹던 시절을 겪었다.

영지 내 거의 모든 짐승을 잡아먹은 때문이다.

이제 더 이상 잡아먹을 짐승이 없다. 게다가 가축을 사육해서 잡아먹는다는 개념이 없는 곳이다.

그런데 흉년이 들어 곡물마저 말라 버려 심각한 기근을 겪었다. 후작가에서 비축해 놓았던 곡식을 풀었지만 영지민 전체를 먹이기엔 양이 적다.

따라서 세금 면제라는 혜택을 주면 좋아할 듯싶다.

"그리해도 나라 운영엔 무리가 없겠소?"

"포인테스 영지는 토지가 황폐하여 원래부터 세금이 적었습니다. 테세린의 경우는 그렇지 않았지만 면제해 준다 하여 당장 타격을 입을 정도는 아니옵니다."

"좋소! 그럼 그렇게 합시다. 한데 기간은 어느 정도가 괜찮겠소?"

"소신의 생각으론 향후 10년이면 어떨까 합니다."

갈리아 공작의 말에 국왕이 고개를 끄덕일 때 할만 공작이 입을 연다.

"전하! 10년은 조금 짧은 듯 여겨집니다."

"그래요? 그럼 공작의 의견은 어떠하오?"

"전하! 이실리프 왕국과의 우호와 위대한 존재와의 관계를 고려한다면 20년은 되어야 하지 않나 생각하옵니다."

"흐음! 20년이라……. 괜찮겠소?"

국왕의 시선을 받은 갈리아 공작의 고개가 크게 끄덕여진다. 그 정도는 감당해낼 수 있다는 뜻이다.

"마탑주께서 몬스터 러시를 해결해 주는 것만으로도 충분하다 여겨집니다. 그리하시지요."

"좋소! 그럼 그렇게 하십시다."

"네, 전하! 현명하신 판단이옵니다."

두 공작의 고개가 끄덕여진다. 그런 그들의 뇌리로 이색적인 상념이 스친다.

지금껏 둘은 명실상부한 2인자였고, 최고 권력자였다.

그런데 3인자 혹은 4인자로 밀려난 듯한 느낌이다. 아르가니 후작과 로니안 공작이 상전인 것으로 느껴진 것이다.

그러다 두 사람의 성향을 떠올렸다. 아르가니 후작은 공작이 되고 마탑주가 되더라도 정치에 간여할 인물이 아니다.

로니안 공작 역시 중앙의 정치에 가타부타할 인물이 아니다. 그만한 연륜도 못되었을 뿐만 아니라 국제적인 관계 및 나라 전체를 보는 안목이 아직은 부족하기 때문이다.

"갈리아 공작! 아르가니 후작에게 상경할 것을 명하는 칙서를 보내도록 하시오. 아울러 로니안 공작에겐 향후 20년간 세금이 면제된다는 것을 알려주시오."

"그리하겠습니다. 전하!"

"참! 아르가니 후작이 상경할 때 가급적 케이트 양도 같이 오도록 하시오. 치하의 말을 해야겠소."

"전하! 그건 아니 됩니다."

할만 공작이 말을 끊자 국왕은 의아하다는 표정이 된다.

"왜요? 무슨… 아! 알겠소이다. 그럼 그 말은 빼시오."

케이트가 올 때 제니스케리안이 동행하는 경우를 생각해 보니 등에서 식은땀이 솟는다.

어찌 대해야 할지 실로 난감한 존재이기 때문이다.

국왕 스스로 제니스케리안의 아래쪽에 자리를 잡는 사태가 벌어져야 할 수도 있다. 위대한 존재이기에 당연한 일이지만 국왕의 위신을 생각하면 가급적 피해야 할 일이다.

사실 하인스 마탑주를 대할 때에도 그리했어야 한다.

국왕 또한 마나의 길을 걷는 자이다. 다시 말해 마법을 익힌 마법사이다. 화후는 4서클이다.

따라서 세상 모든 마법사의 정점에 있는 위저드 로드를 대할 때 스스로 아랫자리를 찾아야 했다.

그럼에도 그리하지 않은 이유는 첫 대면 때 전음이 있었기 때문이다. 물론 현수가 보낸 것이고, 그냥 자연스레 맞이해달라는 뜻이었다. 국왕이 어찌 그럴 수 있느냐는 표정을 짓자 현수는 빙그레 웃으며 그게 편하다 대꾸했던 것이다.

"알겠사옵니다. 전하!"

갈리아 공작의 고개가 크게 끄덕여질 때 현수는 로니안 공작을 만나고 있었다.

"장인어른! 먼저 출발할 터이니 뒤따라오시지요."

"그래도 되겠는가?"

"네, 몬스터들부터 퇴치해야 하잖습니까."

공작이 될 수 있었던 결정적인 이유가 현수에게 있다. 그리고 몬스터가 퇴치되면 그 공의 일부가 자신에게 돌아온다. 장인이 있기에 마탑주가 돕는 것이기 때문이다.

천천히 가는 것보다는 빨리 가는 것이 여러모로 좋다. 그렇기에 흔쾌히 고개를 끄덕였다.

"알겠네! 먼저 가시게. 우리도 짐이 다 꾸려지는 대로 곧바로 출발하겠네."

"그러십시오. 혹시 제게 긴급히 연락할 일이 있거든 롤랑 마법사가 가진 수정구로 통신을 하면 될 것입니다."

"알겠네, 그리하지. 먼저 가시게."

로니안 공작이 크게 고개를 끄덕인다.

*   *   *

"흐음! 오랜만이군."

눈앞의 오두막은 지난 9월 4일, 미혹의 숲을 통과했을 때 잠시 머물렀던 곳이다. 다프네가 살던 마을을 떠나 25일 만에 당도했던 곳이기도 하다.

이곳에서 다프네는 3개월간 언니들을 기다렸을 것이다.

그때 간이침대를 꺼내주었다. 그리곤 12월 초까지 사용할 침구류도 내놨다. 두툼한 매트리스와 순면 패드, 그리고 오리털 이불과 베개 등이다.

창고엔 식재료를 넣어두었다. 비금도 천일염과 겨울을 따뜻하게 보낼 내복과 스웨터, 그리고 구즈다운 점퍼 등이다.

이중바닥 양말과 어그 부츠도 잔뜩 꺼내줬다.

거의 모든 생필품이 턱없이 부족한 다프네 마을 사람들을 위함이고, 이곳에서 석 달을 홀로 지내야 할 가여운 다프네를 생각해서였다.

삐이꺽—!

오두막의 문을 열고 안을 들여다보았다. 예상대로 먼지만 쌓여 있다. 현수가 줬던 모든 것을 다 가져간 모양이다.

문을 닫고 나오려는데 헤어질 때 했던 말들이 생각난다.

"흐흑! 정말 고마워요. 흐흑!"

현수가 꺼내놓은 물건들을 보고 다프네는 굵은 눈물을 흘렸었다. 현수의 호의가 너무 고마웠던 때문이다.

"에구, 울지 말아요."

겸연쩍은 웃음을 지으며 다프네를 달래려는데 품으로 무너져 내렸다. 마치 사랑하는 연인과의 이별 장면인 듯싶다.

"흐흑! 이제 가시면 언제 또⋯⋯."

"내가 내기에 졌으니 한 번은 꼭 들를게요. 그러니 울지 말아요."

현수와 다프네는 내기를 했다.

다프네는 활쏘기에 숙달되려면 최하 10년은 수련해야 한다고 했고, 현수는 한 달이면 충분하다고 했다.

하여 상대의 소원을 들어주기로 약속했던 것이다. 내기는 이루어졌고 꼭 이기겠다 생각했던 현수는 졌다.

아공간에서 연습을 많이 했음에도 이런 결과가 나온 건 심판이었던 라세안의 횡포 때문이다.

내기는 50보 떨어진 곳에서 던져지는 오크 머리통만 한 나무둥치를 화살로 맞추는 것이었다. 기회는 세 번이고, 한 번이라도 맞추면 현수가 승리하는 내기였다.

단, 화살이 박혀야 했다.

현수의 실력이라면 이보다 훨씬 작은 콩알이라도 백발백중시킬 수 있다. 보우마스터이니 당연한 일이다.

다프네가 신호하자 라세안은 첫 번째 시도에서 시속 150㎞짜리 슬러브를 던졌다.

야구로 치면 슬라이더와 커브의 중간 꺾임으로 횡적인 변화뿐만 아니라 종적인 변화가 큰 변화구이다.

당연히 못 맞췄다. 직진만 생각했던 때문이다.

두 번째는 시속 150㎞짜리 커브였다.

워낙 낙차가 컸기에 목표를 아슬아슬하게 빗나갔다.

세 번째는 시속 110㎞짜리 스플릿펑거 체인지업이었다.

포크볼의 변형 체인지업으로 횡적인 변화와 떨어지는 변화를 보이는 것이다. 갑자기 속도가 확 떨어지는 바람에 타이밍을 놓쳐 실패하고 말았다.

라세안은 둘이 내기하는 것을 지켜본 장본인이다. 하여 이 내기에 소원 들어주기가 걸려 있음을 안다.

자신의 딸인 다프네가 무엇을 요구할지 알 수 없으나 무조건 이기게 해주고 싶었다.

라세안은 현수와 동행하는 동안 투수의 구질에 관한 이야기를 들은 적이 있다.

하루 종일 걷던 어느 날, 저녁식사 후 현수는 글러브와 야구공을 꺼내 들었다.

몹시 신기해하는 라세안에게 그걸 주고 캐치볼을 가르쳤다. 몹시 재미있어 했고, 점점 익숙해지면서 거리가 벌어졌다.

그런데 현수가 던지는 공이 마구 휘어져서 들어온다.

낙차 큰 커브도 있었고, 슬러브, 너클볼, 팜볼, 스플릿펑거 체인지업, 투심, 슬라이더 등이다.

라세안은 무척이나 신기했기에 어떻게 이런지를 물었다. 이에 현수는 노트북까지 꺼내 상세한 설명을 해줬다.

회전수와 그립, 바람의 영향 등을 이야기하면서 시범까지 보여주었다.

라세안은 몹시 신기해했다. 하여 몇 개의 공을 주었더니 심심할 때마다 캐치볼을 하자고 졸랐었다.

그런데 그걸 현수에게 써먹은 것이다.

딸이라서 이기게 해주고 있었던 것만은 아니다.

라세안은 현수에게 깨졌고, 이길 확률이 거의 없다고 판단한다. 게다가 등산배낭 속에 신문지를 구겨 넣은 걸 핵배낭으로 알고 있기에 은근한 공포감까지 느낀다.

드래곤으로서 인간에게 쫄았다는 것 자체가 창피한 일이다. 하지만 이를 내색치 않고 의연한 성품이기에 인간이지만 친구 삼아준다는 식으로 이야기한 것이다.

아무튼 다프네가 이기면 소원 한 가지를 빌 수 있다. 그녀가 아내로 맞아달라고 하면 현수는 사위가 된다.

그럼 구겨진 체면이 조금은 세워지는 느낌일 것 같다.

그런데 너무 강한 사위인지라 내심 조금 버겁다.

살면서 현수와 트러블이 생기면 손위 어른인 장인이니까 져준다는 핑계를 댈 수 있다. 하여 그렇게 던진 것이다.

드래곤이 인간에게 알아서 깨갱해 주는 역사적인 일이었다.

어쨌거나 현수는 내기에 졌다. 다프네의 소원 한 가지를 들어줘야 하는 것이다. 하여 다프네에게 소원이 뭐냐 물었는데 나중에 생각을 정리해서 대답하겠다고 했었다.

그리고 헤어지는 순간까지도 다프네는 본인의 소원을 이야기 하지 않았다.

"흐흑! 네에. 꼭 오셔야 해요. 아셨죠?"

"그래요. 그럼 잘 있어요."

"흐흑! 네에."

다프네는 현수의 모습이 보이지 않을 때까지 손을 흔들었고, 눈물을 흘렸다. 한 달이 채 안 되는 기간이지만 동행하는 동안 정들었던 때문이다.

헤어질 때 라세안은 본인의 소변이 담긴 플라스크를 남겨 두고 왔다. 혹시 있을지 모를 몬스터와의 조우 때 마개를 열어 조금만 뿌리라 하였다.

이 냄새를 맡는 순간 모든 몬스터가 꼬리를 말고 도망갈 것이라 하였다.

어쨌거나 현수는 천 년 만에 라수스 협곡을 가로지른 첫 번째 인물이 되었다. 그리고 한동안 라세안과 동행하였다.

그때의 일들이 파노라마처럼 뇌리를 스친다.

"후훗!"

청국장을 끓였을 때 똥국이라면서 코를 틀어쥐던 둘을 떠올리고는 나직한 웃음을 지었다.

[라세안! 라세안! 어디에 있나?]
현수는 마나의 의지를 실어 멀리멀리 보냈다. 그리곤 한참을 기다렸지만 아무런 변화가 없다.

근처에 있다면 즉각 좌표를 확인하고 텔레포트했을 것이다. 바세른 산맥에선 그랬다.

이실리프 자치령 인근에 있던 몬스터들을 몽땅 브론테 왕국 쪽으로 몰고 갈 때 그랬다.

'흐음! 근처에 없나?'
고개를 갸웃거릴 때 아리아니가 귀를 잡아당긴다.

"주인님! 여기까지 왔는데 거기 잠시 들르면 안 돼요?"
미혹의 숲에 있는 켈레모라니의 레어에 가자는 뜻이다.

"그럴까?"
지난 12월 21일에 호수 주변 약 80만 평 정도 되는 공터에 주신의 숨결이라는 뜻을 가진 포인세를 식재한 바 있다.

카이로시아의 집무실 화분에 심어져 있던 이것은 마나가 풍부한 곳에서만 증식하는 식물이다.

포인세의 향기는 세상 만물의 부패를 억제하고, 악취를 제거하는 기능뿐만 아니라 향기를 들이켰을 때 폐부를 튼튼하게 해주는 효과가 있다.

매우 달콤하고 청량한 기분이 드는 냄새가 나는 것이다.

"많이 자랐을까?"

"호호! 가보면 놀라실 거예요. 그러니 어서 가요."

"그래! 알았어."

현수는 켈레모라니의 유체가 잠들어 있는 호수 인근의 좌표를 확인했다.

"텔레포트!"

샤르르르르릉―!

"흐아암! 역시 여기가 최고예요. 보세요, 여긴 공기부터가 다르잖아요. 안 그래요?"

앙증맞은 날개로 유영하듯 날던 아리아니가 허공에 멈춘 채 심호흡을 한다. 마치 CF의 한 장면 같은 모습이다.

"흐아아아암! 휴우우!"

잠시 아리아니에게 시선을 빼앗겼던 현수의 눈에 무성한 초록이 들어온다. 그 순간 저도 모르게 탄성을 내질렀다.

"우와! 어떻게 이렇게……."

현수는 말도 맺지 못하고 주변을 휘휘 둘러본다.

호수가로부터 약 200m는 나무 없이 풀만 자라고 있었다. 그나마 무성하지도 않았다.

이곳에 잎사귀 무성한 나무가 있으면 호수로 낙엽을 떨구

게 된다. 그것들이 레어 입구에 쌓이는 것이 싫어 자라지 못
하도록 한 것이다.

그런데 지금은 완전히 다르다.

CHAPTER 06
포인세 솎아내가

전능의팔찌

THE OMNIPOTENT
BRACELET

포인세는 기는줄기 식물이지만 높이 1.5m까지 자라난다.
이리저리 엉킨 줄기들이 서로를 의지하며 위로 솟기 때문이
다. 그리고 모든 줄기엔 무성한 잎이 달려 있다.

달콤하면서도 청량하고, 그윽한 향기를 내뿜는 것은 꽃이
아니라 잎사귀이다.

어쨌거나 현수는 호수 주변 80만 평 가득 향기를 뿜어내는
포인세를 보고 입을 딱 벌렸다.

카이로시아의 집무실에서 가져온 것을 심고 현수는 가이
아 여신의 축복을 내려주었다.

포인세 솎아내기 125

그때 현수의 손에서 뿜어진 신성력은 포인세 주변 토양으로 스며들었다. 겉보기엔 전혀 변화가 없다.

하지만 가이아 여신의 축복은 식물에게 있어 최상의 환경을 제공하는 것과 다름없는 것이다.

축복을 받은 즉시 포인세의 뿌리는 엄청난 생장력을 보였다. 물론 땅 위에서는 보이지 않는다.

덕분에 튼튼하고 길어진 뿌리는 사방팔방으로 뻗어 나가며 기름진 토양의 영양분을 쭉쭉 빨아댔다.

이때 숲의 요정인 아리아니의 축복이 더해졌다.

이는 가이아 여신의 축복과는 약간 다르다.

식물이 생장함에 있어 최상의 환경을 제공함은 같지만 방향이 다른 것이다.

이 땅에선 포인세 이외의 다른 식물의 씨앗은 발아되지 않는다. 또한 인근 수림의 뿌리들도 접근할 수 없다.

다시 말해 제공된 토양의 양분과 햇볕을 오롯이 독점하는 효과가 부여되는 것이다.

게다가 켈레모라니의 사체로부터 뿜어져 나오는 진한 마나는 포인세의 생장에 결정적인 역할을 한다.

이 녀석은 뿌리에서 빨아들인 각종 양분과 수분, 잎사귀에서 받아들인 햇볕보다도 마나를 먹고 자란다.

그 결과가 눈앞에 펼쳐져 있다.

넓이 80만 평인 이곳에 포인세가 1.5m 높이로 자라 있다.

너무도 **빽빽**하여 강하게 힘을 주지 않으면 통과할 수 없을 지경이다.

발돋움하여 가장자리를 바라보니 맹렬한 속도로 주변 숲 속을 파고드는 중이다.

그러고 보니 포인세 자생지는 80만 평이 아니다.

초지였던 곳 바깥까지 뻗어 나가고 있다. 눈대중으로 살펴보니 대략 200m 정도이다.

현수는 넓어진 면적을 계산해 보았다. 약 2.89㎢, 한국식으로 따지면 87만 5,700여 평이다.

합계 167만 5,700여 평 가득히 포인세가 자생해 있다.

"세상에······!"

현수는 저도 모르게 또 한 번 감탄사를 터뜨렸다.

한눈에 담을 수 없을 정도로 넓은 면적이기 때문이다.

"주인님! 이 녀석들 잎사귀가 필요하다 하지 않으셨어요?"

"응? 그, 그래! 잎사귀가 필요하지."

"보니까 다 자랐네요. 그냥 놔두면 오래된 잎사귀는 떨구니까 지금 솎아주면 좋을 것 같은데요?"

"솎아줘?"

"네, 그럼 새로운 잎사귀를 내놓거든요."

어느새 현수의 어깨에 내려앉은 아리아니는 얼마만큼 잎

사귀를 솎아줄 건지 계산하는 모양이다.

"정령들에게 부탁하면 될까?"

"네! 먼저 물의 최상급 정령 엘리디아를 불러 잎사귀에 묻은 먼지부터 닦아내라고 할게요."

"그럼 다음엔?"

"다음은 바람의 최상급 정령더러 물기를 말리하고 하죠."

아리아니는 아무런 문제도 없다는 듯 척척 대답한다.

"그럼 잎사귀는 누가 따?"

"바람의 하급 정령 실프들을 왕창 불러서 잎사귀를 따라고 하면 되요."

"부탁해도 되지?"

현수의 시선을 받은 아리아니는 뭘 이런 걸 부탁하느냐는 표정을 짓는다. 그러다 생각났다는 듯 환한 웃음을 짓는다.

"대신 제겐 식혜와 당근주스를 주시고, 정령들에겐 여기서 실컷 놀다가게 하는 정도면 될 거예요."

"그래? 아……! 여기 마나가 풍부해서?"

"네! 정령도 마나 좋아하거든요. 헤헷!"

아리아니가 너무도 깜찍한 표정으로 웃는다. 식혜와 당근주스의 달달한 맛이 떠오른 때문이다.

"좋아! 부탁할게.

"네! 보존마법이 걸린 컨테이너부터 꺼내세요."

"잠시만!"

현수는 아공간에 담긴 컨테이너들을 꺼냈다. 보존마법과 공간확장마법진이 적용된 것이다.

"자아! 부탁해!"

"호호! 네에. 그럼 시작할게요. 엘리디아, 실라디아! 나 아리아니야. 어서 나타나!"

화아아악―!

말 떨어지기 무섭게 두 존재가 아리아니 앞에 나타난다.

실라디아는 지구의 그녀처럼 아름다운 여인이다. 그런데 엘리디아는 지구의 그것과는 약간 모습이 다르다.

굳이 표현하자면 해양 몬스터 씨 서펀트와 비슷한 모습이다. 도감에 그려진 그것과 다른 점은 반투명하다는 것이다.

"아리아니님의 부르심을 받고 왔어요. 저희가 해드려야 할 일이 있나 보죠?"

"웅! 먼저 여기 계신 내 주인님께 인사부터 드려."

"…어머! 이분은 인간이신데 정령사인가요?"

"그러게요, 정령력이 엄청 세시네요. 과연 아리아니님의 주인님다워요."

둘은 인간이 어찌 이토록 엄청난 정령 친화력을 가질 수 있는지 궁금한 듯 고개를 갸웃거린다.

엘프들도 이만하긴 힘들기 때문이다.

"내 주인님은 10서클 마스터에 이른 마법사이시면서 그랜드 마스터이셔. 보우 마스터이기도 하고."

"…아! 엄청나게 강하신 분이군요."

"그래, 그러니 인사드려."

"네! 바람의 최상급 정령 실라디아예요. 혹시 저와 계약을 맺지 않으시겠어요? 원하시기만 하면……."

실라디아는 청순, 요염, 풍만, 섹시한 모습을 현수에게 보이고야 말겠다는 듯 교구를 비비 튼다. 머리카락으로 주요 부위만 간신히 가린 초특급 미녀의 애교였다.

하지만 이에 넘어갈 현수가 아니다. 그리고 그렇게 되도록 내버려 둘 아리아니가 아니다.

"그만! 이제 엘리디아가 인사드려."

"네에. 저 물의 최상급 정령 엘리디아예요. 이렇게 만나니 너무 좋네요. 저도 원하시기만 하면 주인님과 계약을……."

"야! 내 주인님이 왜 니들 주인님이야?"

"네? 그, 그건……."

아리아니가 존재감을 뿜어내자 두 정령은 잘못했다는 듯 움츠린다.

"엘리디아! 너는 포인세 잎사귀에 묻은 먼지를 말끔히 닦아줘. 실라디아! 너는 다 닦인 잎사귀들의 물기를 말려주고."

"네, 아리아니님의 말씀대로 할게요."

엘리디아가 먼저 대답을 하고는 포인세 자생지를 빠른 속도로 훑는다. 그의 뒤를 이어 실라디아가 물기를 제거했다.

167만 평이 넘는 넓이이지만 작업하는 데 걸린 시간은 불과 2~3분 정도밖에 안 걸렸다.

"다 했어요. 아리아니님!"

"수고했어! 여기서 좀 쉬고 있어."

"네에."

아리아니의 말이 떨어지기 무섭게 엘리디아는 호수로 스며든다. 그러다 켈레모라니의 사체를 발견했는지 소스라치게 놀라며 튀어나왔다.

"아, 아, 아리아니님!"

"왜? 내 전 주인님의 옥체를 봤어?"

"저 아래 계신 분이 아리아니님의 전 주인님이셨어요?"

"그래! 지금은 이분이 내 주인님이셔."

엘리디아는 다시 수면 아래로 들어갈 생각이 없는지 현수의 뒤쪽에서 꿈틀거린다. 드래곤은 대하기가 어렵기 때문일 것이다. 실라디아 역시 현수의 뒤에 있다.

현수로부터 뿜어지는 정령력을 즐기는 중이다.

"자아, 다음은 실프! 어서들 오렴."

샤라라라라랑―!

아리아니의 말이 떨어지기 무섭게 손바닥만 한 바람의 하급 정령들이 무수히 나타난다.

"부르셨나요? 모든 정령의 주관자 아리아니님!"

"그래! 너희는 날 제대로 아는군."

아리아리는 실프들이 마음에 든다는 듯 날갯짓을 하며 환히 웃는다.

"이 부근에 있는 포인세의 잎사귀들을 솎아서 가져와. 여기 보이는 이것에 담으면 된다. 알았지?"

문이 활짝 열린 컨테이너를 본 실프들은 고개를 갸웃거린다. 생전 처음 보는 것이기 때문일 것이다.

"어서 시작!"

"네, 아리아니님!"

일제히 고개를 꾸벅인 실프들이 포인세 자생지로 흩어진다. 다음 순간 엄청난 초록의 향연이 벌어졌다.

167만 5,700여 평에 달하는 면적 전체에서 포인세 잎사귀들이 따진 후 컨테이너로 쏟아져 들어가기 시작한 것이다.

컨테이너들은 플라잉 브랜켓 마법으로 구현된 마법원반 위에 놓여 있다. 꺼내놓은 것의 총 수효는 40개이다.

그런데 공간확장마법이 걸려 실제 용적의 5배를 더 넣을 수 있는 이것이 가득 차는 데 걸린 시간은 불과 5분이다.

"모두들 스톱!"

아리아니의 말이 떨어지기 무섭게 사방에서 날아들던 잎

사귀들이 허공에 멈춘다. 각각의 아래엔 실프들이 있다.

"주인님! 얼른 컨테이너 교체하세요."

"그래! 잠깐만."

현수는 잎사귀로 가득 찬 컨테이너를 닫아 아공간에 넣은 뒤 새것들을 꺼냈다. 이번엔 80개이다.

이것들이 가득 차는데 걸린 시간은 7분 정도 된다. 하여 또 꺼내놓기를 반복했다.

최종적으로 컨테이너 200개를 가득 채웠다.

공간이 확장된 상태이니 실제론 1,200개의 컨테이너를 가득 채운 것과 같다.

"후와! 대단하군."

현수는 실프들이 작업하는 동안 정령들이 어찌 움직이는지를 살필 수 있었다. 하급 정령이라 무거운 물건을 운반하지는 못하지만 속도만큼은 가히 섬전과 같았다.

"자아! 작업을 마쳤으니 상을 주지. 모두들 여기서 잠시 놀도록!"

"와아아아! 재잘 재잘 재잘 재잘……!"

실프들은 알아듣지도 못할 정령어로 웃고 떠들었다.

이곳은 숲의 요정 아리아니의 권역이다. 따라서 심술 맞은 상급 정령이 온다 하더라도 무어라 할 수 없다.

다시 말해 소멸의 위험이 없으니 마음껏 떠드는 것이다.

현수는 작업이 끝난 포인세 숲을 바라보았다. 엄청나게 많은 잎사귀가 솎아졌지만 여전히 푸르다.

그리고 아주 좋은 향기가 진동을 한다. 주신의 숨결이라 불릴 만하였기에 고개를 끄덕였다.

정령들은 대기의 마나와 포인세의 향기를 흠뻑 즐겼다.

적당한 시간이 되자 아리아니는 모두를 정령계로 되돌려 보냈다. 모두가 만족한 시간이었기에 불만은 없는 듯하다.

"주인님! 이제 어디로 가실 거예요?"

"응? 일단 미혹의 숲은 지나야겠어."

제니스케리안에게 아드리안 공국의 수호룡이 되어 달라는 말을 했을 때 그녀는 조건을 걸었다.

제자가 된 케이트를 아내로 맞이하라는 것이었다.

현수가 머뭇거리자 제니스케리안은 케이트를 받아들이면 자신의 영역을 침범했다던 옥시온케리안과의 중재에 나서겠다고 했다.

그녀의 제안을 받아들이자 라이세뮤리안은 다프네를 아내로 맞이하라 하였다.

그도 아드리안 공국의 수호룡 선포와 더불어 옥시온케리안과의 중재를 돕는 조건이었다.

하여 다프네를 아내로 맞이하겠다고 약속을 했다.

약속을 했으니 사내라면 지켜야 한다. 그리고 그녀의 소원 한 가지도 들어줘야 한다.

하여 다프네 마을로 가볼 생각이다.

"그럼 가요!"

"그러지."

현수는 다프네 마을의 좌표를 확인했다.

"텔레포트!"

샤르르르릉―!

둘의 신형이 안개처럼 흩어졌다. 잠시 시끄러웠던 호숫가는 다시 태고의 적막 속에 잠겼다.

잠시 해를 가렸던 구름이 흩어지자 따사로운 햇살이 포인세에게 향한다. 그와 동시에 포인세로 이루어진 정글 전체가 일렁인다. 다시 왕성한 생장을 시작한 것이다.

떠나기 직전 현수는 가이아 여신의 축복을 다시 한 번 내렸다. 잎사귀를 마구잡이로 따낸 것이 마음에 걸린 때문이다.

아리아니 역시 한 번 더 축복을 해줬다. 잘 자라서 다음에 왔을 때 주인님이 또 흡족하기를 바라기 때문이다.

"여기예요?"

"그래! 변한 건 별로 없네. 어라, 저건……!"

목책으로 둘러싸인 다프네 마을 인근에 나타난 현수는 안력을 돋웠다. 마을 안쪽에 널어놓은 이불이 보인다.

화사한 꽃무늬가 그려진 걸 보니 다프네가 머물던 오두막에 남겨둔 것이다.

"아직도 오리털 이불을 덮나? 아, 맞다. 아침저녁엔 아직 쌀쌀하지."

현수는 고개를 끄덕이곤 어깨 위의 아리아니에게 시선을 주었다.

"나 저기에 볼일 있는데 같이 갈 거야?"

"아뇨! 안 갈래요."

아리아니는 마을 전체에서 느껴지는 레드 드래곤의 향이 싫은 듯하다.

점잖은 골드 드래곤과 성질 급한 레드 드래곤은 늘 대립하는 관계였다. 성향 자체가 다르기 때문이다.

어쨌거나 세속에 관심이 없던 켈레모라니 역시 레드 드래곤과의 교류는 내켜하지 않았다.

현재 이 마을에 거주하는 여인들은 모두 인간에 가깝다.

하지만 완전한 인간은 아니다. 라세안의 혈통을 이어받았으니 인간 성향이 강한 드래고니안인 것이다.

그렇기에 마을에 머물기를 거부한 것이다.

"그래! 그럼 이 근처에 있어. 필요하면 부를게."

"네, 주인님! 그러세요. 그나저나 여긴 뭐가 있을까요?"

아리아니는 잘되었다는 듯 훨훨 날아 숲으로 들어갔다.

쿵, 쿵, 쿵―!

"···누구세요?"

"아! 안녕하세요? 일전에 여길 들렀던 하인스라 합니다."

"네······? 하, 하인스님이라고요?"

"네! 라세안이란 친구와 함께 들렀었죠."

"어머! 자, 잠깐만요."

누군지 몰라도 상당히 당황한 듯한 음성이다.

삐이꺽―!

목책이 열리며 나타난 얼굴은 라이사이다. 이곳에 처음 올
때 계곡에서 다프네와 함께 목욕했던 여인이다.

그때 현수도 계곡에서 목욕을 했다. 그리곤 숲을 헤치고 오
느라 더러워진 의복도 갈아입었다.

그리곤 주린 배를 채우기 위해 신 김치에 꽁치 통조림과 감
자, 양파, 부추, 깨 등을 넣고 팔팔 끓인 찌개와 희디흰 쌀밥을
만들었었다.

먹을 것 다 먹고 가던 길을 가려 했는데 누군가 목욕하고
있음을 알았다. 그게 다프네와 라이사였다.

다프네야 여신에 버금갈 미모와 사내라면 누구나 절로 감
탄사를 터뜨릴 착한 몸매의 소유자이다.

하지만 라이사는 아니다.

자신이 목욕하고 있는 것을 누군가 지켜보고 있었다며 펄펄 뛰던 이 여인의 얼굴은 제법 그럴듯하지만 허벅지는 야생마와 비슷하다.

허리둘레는 가슴둘레보다 훨씬 더 굵다.

라이사의 몸매를 굳이 사물에 비교하자면 종(鐘)과 비슷하다. 누가 보면 임신했다 할 정도이다.

그것도 만삭이다.

다시 형용하면 위로부터 점점 굵어지는 몸매이다. 그리고 다시는 오므라들지 않는다.

장딴지 하나의 굵기가 다프네의 허리 정도 되기 때문이다.

지구인이라면 누구나 코끼리나 하마를 상상할 것이다.

아무튼 라이사는 현수의 얼굴이 보이자 어쩔 줄 몰라 하는 표정을 짓는다.

자신의 부친 라이세뮤리안의 친구이기 때문이다.

부친과 동급이기에 위대한 존재를 대하듯 해야 하는데 그게 서툴러 뭐라 대꾸하지 못하고 있는 것이다.

"그동안 안녕하셨지요?"

"네? 아, 네에. 그, 그럼요! 어, 어서 들어오세요."

활짝 열린 문 사이로 들어서자 마을의 모습이 보인다. 예전과 달라진 점은 깨끗해졌다는 것이다.

펌프를 설치해 준 곳을 중심으로 자잘한 돌을 박아 포장도로를 형성시켜 놨다. 한쪽엔 부추가 자라고 있다.

　처음 이곳에 왔을 때 현수는 이곳 여인들 모두 음기가 매우 강하다는 것을 간파했다.

　이럴 경우 혈액순환 장애가 우려된다. 따라서 항상 몸을 따뜻하게 해주어야 한다.

　한방에선 이럴 땐 계피차, 생강차, 대추차, 인삼차, 유자차를 마시면 좋다고 한다. 음식으론 양파, 마늘, 파, 부추, 고추 등이 좋다.

　뿐만이 아니다. 음기가 강하면 수분이나 노폐물 배설에 문제가 생겨 몸이 잘 붓고 소화기를 비롯한 여러 장기가 제 기능을 수행하기 어렵다.

　그래서 여자들의 안색을 살폈었다. 예상대로 소화기관 및 배설기관에 문제가 있어 보였다.

　또한 거의 모두 생리통을 겪는 듯했다. 어찌할까 싶다가 아공간엔 담긴 것 중 뿌리까지 있는 부추를 떠올렸다.

　부추는 게으른 사람이 짓기에 딱 알맞은 채소이다.

　한 번 씨를 뿌리면 그 자리에서 10년 이상을 자라며 뿌리째 뽑지만 않으면 일 년 내내 끊임없이 수확해서 먹을 수 있기 때문이다.

　뿐만 아니라 부추는 비타민과 철분 등을 다량 함유한다. 하여 여인에겐 아주 좋은 식재료이다.

현수는 오두막 인근에 버려진 텃밭을 일구었고, 부추를 심어줬다. 그게 자라 있었던 것이다.

"이거 먹으라고 심어준 건데 안 먹었나 봅니다."

"네? 이거요? 먹는 거였어요? 우린 잡초인 줄 알고……."

라이사가 말끝을 흐린다. 자신들을 위해 심어줬는데 물 한 번 주지 않고 구경만 했다는 걸 알면 혼날까 싶어서이다.

"이거 음식 만들 때 먹으면 몸에 좋은 겁니다. 앞으론 자주 드세요, 뿌리까지 뽑지만 않으면 계속해서 자랄 겁니다."

"아! 네에. 알겠습니다."

라이사는 덩치에 맞지 않게 자그마한 음성으로 대답했다.

그러는 사이에 이 마을 촌장이자 맏이인 루디의 거처에 다다랐다.

쾅, 쾅, 쾅─!

"언니! 언니! 어서 나와 봐요. 어서요."

"야! 이 계집애야, 좀 살살 두들겨 문짝 다 망가지겠다."

"아이, 지금 그게 문제예요? 어서요. 어서 나와 봐요."

"덩치에 어울리지 않게 웬 호들갑이야? 오거가 떼로 쳐들어왔어? 아님 트롤이 온 거야?"

"어서요, 어서 나오란 말이에요. 하인스님 오셨어요."

"뭐어……? 하, 하인스님?"

우당탕탕—!

삐걱—!

"헉……! 하, 하인스님!"

상당히 많은 나이이지만 여전히 30대 중반쯤으로 보이는 루디 촌장의 눈이 화등잔만 해진다.

위대한 존재와 친구 먹는 인간이기 때문이다.

"어, 어서 오십시오. 아, 안으로 드시지……. 아, 참! 자, 잠깐만요. 잠깐만 기다려주십시오."

루디는 후다닥 자신의 거처로 되돌아갔다.

쾅! 우다탕! 와다다다! 우당탕탕!

보아하니 엉망인 실내를 정리하는 모양이다. 그런데 대체 얼마나 엉망이었는지 몰라도 상당히 심했던 것 같다. 그렇지 않고야 5분 넘게 각종 소음을 양산해 내진 못할 것이다.

끼익—!

"돼, 됐어요. 이제 들어오세요."

무엇을 했는지 몰라도 방금 전과 확실히 다르다.

바삐 움직였음을 티내려는지 이마에 땀방울이 맺혀 있다. 게다가 머리카락엔 지푸라기 같은 것들이 붙어 있다.

"…네."

안으로 들어가 보니 그래도 청소한 티가 나기는 한다. 가지런까지는 아니지만 엉망은 아니라는 뜻이다.

"여, 여기 앉으세요."

루디아 손짓한 곳은 침상이다. 앉아보니 지푸라기 위에 거칠게 짜진 천을 덮어놓은 듯싶다.

슬쩍 바라보니 시렁 위에 오리털 이불이 개켜져 있다. 다프네에게 주었던 것이다.

시키는 대로 침상에 앉으니 좌불안석인 표정으로 묻는다.

"여, 여긴 어떻게……? 갑자기 예고도 없이 오셔서 대접해 드릴 게 없는데……."

"그건 괜찮아요. 근데 라세안, 아니, 라이세뮤리안 그 친구가 어디에 있는지 혹시 아세요?"

"네? 라, 라이세뮤리안님이요? 아, 아버지는……. 참! 말 잘 못 했습니다. 라, 라이세뮤리안님은……."

루디 촌장은 몹시 당황한 듯 말을 더듬는다. 현수는 피식 웃으며 말을 잘랐다.

"알아요! 라이세뮤리안이 레드 드래곤이고, 루디 촌장님의 부친이라는 걸……."

"아, 아셨어요?"

"네! 그러니 편히 말해도 됩니다. 그 친구 지금 어디에 있습니까? 좀 만나야 하는데."

"저희야 잘 모르죠. 워낙 구름 같은 분이시라. 아마 협곡 어딘가에 계실 거예요. 이리저리 오가는 걸 좋아하셔서."

루디의 말처럼 라세안은 늘 쏘다녔다. 성질 급한 레드 드래 곤인지라 한곳에 진득하니 머무는 법이 없기 때문이다.

한자리에 오래 있는 경우는 수면기뿐인데, 그마나 다른 드 래곤에 비하면 기간이 훨씬 짧다.

골드 드래곤의 경우는 한 번 수면기에 접어들면 대개 500년 을 잔다. 반면, 라세안은 길어야 300년인 것이다.

하여 드래곤들 사이에서도 말이 많다.

뭐든지 빨리빨리 해결되어야 직성이 풀리니 마나의 품으 로 돌아가는 것도 빠를 것이라는 것이 그것이다. 다시 말해 일찍 죽을 거라는 이야기이다.

"으으음!"

현수는 나직한 침음을 냈다. 보나마나 이번 몬스터 러시의 원인은 라세안일 것이다. 라수스 협곡을 중심으로 몬스터들 이 바깥쪽으로 일제히 몰려 나가고 있기 때문이다.

따라서 라세안이 있으면 단숨에 문제가 해결될 수 있지만 지금처럼 자리에 없으면 문제이다.

현수가 일일이 쫓아다니면서 몬스터들을 퇴치해야 하는 상황인 것이다.

"따로 연락할 방법은… 없는 거죠?"

"그렇죠! 저흰 그분께서 먼저 연락하시기 전엔 만나 뵐 수 도 없으니까요."

인간의 여인을 취하여 자식을 낳았으면 잘 보살펴야 할 텐데 무정한 라세안은 바람만 피울 뿐 자녀에 대한 양육의무 따위는 생각지도 않는 모양이다.

"흐으음!"

현수는 나직한 한숨을 쉬었다. 지금으로선 뾰족한 수가 없기 때문이다.

"참! 다프네 양은 어디에 있습니까?"

기왕에 왔으니 데려가려는 뜻으로 물은 것이다.

"다프네요? 그때 두 분께서 데려가지 않으셨습니까?"

루디 촌장은 무슨 소리냐는 표정이다.

"데려가다니요? 우리가요? 아! 그건 미혹의 숲을 지날 때까지였습니다."

"어머! 그런 거였어요?"

루디가 화들짝 놀라는 표정을 짓는다.

"네. 협곡 가장자리 오두막에서 언니들을 기다린다고 해서 거기에 남겨뒀는데, 못 만난 겁니까? 거기서 상인들과 교역을 한다고 해서……."

"맞아요! 일 년에 한 번 거기서 교역을 하죠. 근데 저희가 오두막에 갔을 때 다프네는 거기에 없었어요. 소금이랑 이불, 그리고 의복 등만 잔뜩 쌓여 있었구요."

"그건 다 가져오신 겁니까?"

"…설마 하인스님께서 주신 건가요?"

"네! 이 마을을 위한 제 선물이었습니다."

루디는 이제야 그 물건들이 어디에서 났는지 알았다는 듯 크게 고개를 끄덕인다. 다프네가 없으니 어찌 된 것인지 알 수 없던 것이다.

교역을 위해 오두막으로 갔을 때 안에 있는 기물(奇物)들을 보고 여인들 모두 탄성을 냈다.

같은 무게의 황금과 거래되던 소금은 비교조차 되지 못할 비금도 천일염은 여인들 모두를 기쁘게 했다.

음식의 맛은 간이 좌우하기 때문이다. 그리고 몇 년은 사용할 수 있을 만큼 많은 양이었기 때문이기도 하다.

다음엔 겨울을 따뜻하게 보낼 겨울옷들이다.

처음 보는 디자인이지만 기존의 어떤 의복보다도 활동성과 보온성이 좋았다.

눈이 펄펄 내릴 때에도 구즈다운을 소재로 쓴 파카를 걸치면 추운 걸 거의 느끼지 못했다.

가장 좋았던 건 발 시리지 말라고 꺼내놓았던 어그 부츠였다. 발이 너무 편했고, 따뜻했던 때문이다.

이 밖에 오리털 이불도 있었고, 내복과 스웨터 등도 있었다. 모직 목도리와 모자 또한 있었다.

모두 한 번도 본 적이 없는 물건이지만 라세안이 주었을 것이라곤 생각지 않았다. 낳아만 주었을 뿐 자식들을 위해 베푸는 바가 거의 없었기 때문이다.

어쨌거나 웬 물건인지는 다프네가 돌아와야 알 일이라 생각하고 기쁘게 나눠서 썼다.

CHAPTER 07
사라진 다프네

전능의팔찌
THE OMNIPOTENT
BRACELET

"아! 감사합니다. 정말 고마워요. 덕분에 지난겨울은 아주 좋았어요. 마을을 대표하여 진심으로 감사의 뜻을 표합니다."

루디 촌장은 자리에서 일어서 정중히 허리 숙여 예를 갖췄다. 진심으로 고마워하는 마음이 엿보였기에 현수는 흐뭇한 미소만 지었을 뿐이다.

"잘 쓰시는 것 같아 다행입니다."

"네! 정말 좋습니다. 그나저나 저희는 두 분께서 다프네를 데리고 가신 걸로 알고 있었는데 어찌 된 거죠?"

"이런……!"

현수의 이맛살이 급격하게 좁혀진다. 다프네가 실종되었다는 뜻이기 때문이다. 루디의 표정 또한 굳어 있다.

"어떻게 하죠? 벌써 몇 달이 지났는데… 설마 몬스터에게… 아! 아니에요."

무슨 상상을 했는지 루디가 얼른 말을 끊는다. 현수는 여전히 이맛살을 좁힌 채 어찌 된 영문인지를 가늠해 봤다.

다프네는 연약한 여인이다.

활은 잘 쏘지만 소지하고 있는 화살의 수는 20여 개 정도이다. 그 이상의 적을 만나면 당해낼 수 없다.

루디의 상상처럼 집단으로 활동하는 오크나 늑대무리를 만났다면 변을 당했을 수도 있다.

라세안이 자신의 소변이 담긴 플라스크를 줬다는 건 알지만 그걸 다 쓴 후라면 방법이 없는 것이다.

"저기… 하인스님!"

"네!"

"다프네가 어찌 되었는지 확인해 봐야겠어요. 저희를 그곳에 데려다 주실 수 있는지요?"

"…그러죠. 가봅시다."

다프네를 아내로 맞이하겠다고 약속했는데 실종되었으니 당연히 찾아봐야 한다. 하여 흔쾌히 고개를 끄덕였다.

"잠시만 기다려주세요."

루디는 현수의 대꾸도 기다리지 않고 나가 버린다. 그리고 불과 10분도 되지 않아 되돌아왔다.

"저흰 준비 다 되었어요."

"네, 알았습니다."

밖으로 나가보니 활로 무장한 여인 30여 명이 일제히 고개를 숙인다.

"위대하신 분을 뵈어요."

위대한 존재의 친구이니 위대하신 분이라는 칭호로 부르는 모양이다.

"네! 다시 만나 반갑습니다. 여러분!"

현수는 정중히 허리 숙여 예를 갖췄다. 다프네와 결혼을 하게 되면 모두 처형이 될 사람들이기 때문만은 아니다.

루디 촌장만 해도 겉보기엔 농염한 30대 미시처럼 보이지만 실제 나이는 100살을 넘었다는 걸 알기 때문이다.

현수는 마당 가운데로 나가 입을 열었다.

"모두 최대한 제 주변으로 모여 주십시오. 오두막이 있는 곳으로 텔레포트할 예정입니다."

우르르르—!

말 떨어지기 무섭게 와르르 달려든다. 각기 활은 두 자루씩 들고 있고, 화살은 100여 발이나 소지했다.

30여 명이니 화살 수는 3,000여 발이다. 활쏘기에 특화되어 있어 백발백중시킬 능력자들이니 웬만한 오크 무리나 늑대 정도는 가뿐히 처리할 능력을 갖춘 것이다.

현수는 마법의 범위 밖에 사람이 있는지를 살피면서 좌표를 확인했다.

"매스 텔레포트!"

샤르르르르룽—!

현수와 33인의 여인이 사라진다. 잠시 후, 이들의 신형은 교역을 위해 준비해 둔 오두막 인근에 나타났다.

"도착했군요. 감사드려요."

"네!"

"모두 들어! 이 근처에 다프네가 남긴 흔적이 있을 거야. 함부로 움직이면 사라질 수 있으니 가급적 조심스럽게 움직이면서 흔적을 찾아 봐."

"네! 언니."

루디 촌장의 말이 떨어지기 무섭게 여인들 모두 사라진다. 평상시 훈련이 잘되어 있는지 3명이 한 조를 이루고 있다.

일개 조당 화살 300발이 있으니 웬만한 무리를 만나더라도 화살이 부족한 일은 없을 것이다.

"나도 찾아보죠."

"네, 부탁드려요."

루디는 다프네가 현수의 아내가 될 것이란 걸 아직 모른다. 그렇기에 진심으로 고마워하는 눈빛을 보였다.

　루디마저 다른 여인들과 함께 숲 속으로 사라졌다.

　"에구, 아리아니를 두고 왔네."

　다프네 마을 인근에 풀어놓고 온 걸 깜박한 것이다. 이때 머리 위에서 날갯짓하는 존재가 소리친다.

　"아뇨! 저 여기 있어요."

　"어? 어떻게 알고 따라왔어?"

　"따라오긴요. 계집애들이 많아서 주인님 근처에 있었으니까 알았죠."

　여인들의 체취 속에 섞인 레드 드래곤의 향이 마뜩치 않았다. 하여 인근 숲이나 둘러보려고 했다.

　그러다 사냥 나갔던 에스더와 샬롯이 마을로 돌아오는 것을 보고는 즉시 현수의 어깨로 복귀했다.

　둘 다 상당한 미인이라 경각심을 갖고 돌아온 것이다.

　"잘 왔어, 노에디아 좀 불러줘."

　"노에디아요? 갑자기 땅의 최상급 정령은 왜요?"

　"인근에서 일어났던 일을 알고 싶어서 그래."

　"그건 대지의 기억이라는 마법으로도 확인되는 거 아니에요? 노에디아는 좀 둔한데다 땅 위에서 일어나는 일은 별 관심이 없어서 별 효과가 없을 거예요."

"그래?"

"네! 머리가 별로 안 좋아서 기껏해야 사나흘 지난 것밖에 몰라요. 기억하고 있는 범위는 조금 넓지만요."

현수는 고개를 끄덕였다. 아리아니가 그렇다면 그런 것이기 때문이다.

"그럼, 대지의 기억은 그것보다 나은가?"

한 번도 써본 적이 없는 이 마법은 땅 위에서 일어난 일들을 마법사의 눈에 재생시켜 주는 것이다.

"네! 5서클 마법사 정도면 닷새 이내의 일을 알아낼 수 있어요. 주인님은 그보다 훨씬 화후가 높으시니 석 달 정도 지난 것도 가능할 거예요."

대지의 기억이란 마법은 마법사가 지정한 범위에만 마법이 구현된다. 5서클 비기너는 사흘, 유저는 나저, 그리고 마스터가 되면 엿새 동안 일어난 일들을 볼 수 있다.

서클수가 높을수록 읽어낼 수 있는 기간이 더 길어진다.

아리아니의 말처럼 10서클 마스터인 현수는 3개월 이내의 일들을 읽어낼 수 있다.

다만 그사이에 폭풍우가 불었거나 홍수가 휩쓸고 갔다면 대지의 기억으로도 읽어낼 수 없다.

어쨌거나 현수는 룬어 배열을 떠올리고는 나직이 중얼거렸다. 자주 사용하는 마법이 아니기 때문이다.

"마나여, 이 땅에서 일어났던 일들을 내게 보여다오. 메모리 오브 그라운드(Memory of Ground)!"

현수의 손끝으로부터 황금빛 마나가 뿜어져 인근 땅을 뒤덮는다. 약 100여 평이나 되는 면적이다.

샤르르르롱―!

마나가 스며들고 얼마 지나지 않아 땅 위의 공간이 심하게 흔들린다. 지난 한 달간의 변화가 한순간에 재생되기 시작한 때문이다.

몇 번의 눈이 내려 하얗게 쌓여 있던 것이 서서히 녹으며 현재에 가까워진 모습으로 변모한다.

지난 석 달간 이곳에서 일어난 현상들이 짧은 시간 동안 고속으로 재생된 것이다.

별다른 특이점이 없다. 하여 자리를 바꿔 다시 대지의 기억을 구현시켰다. 그렇게 삼십여 군데나 조사했지만 소득이 없다. 그때까지도 아리아니는 아무런 말도 없었다.

"이 근처가 아닌가?"

숲엔 사람이 다닐 만한 곳이 있고 그렇지 않은 곳이 있다.

예를 들어, 사람 키만큼 가시넝쿨이 자라 있거나, 물이 고여 있으면 접근하지 않는다.

절벽이 있거나 험한 바위가 있는 곳도 그러하다.

그런 곳을 제외하고 한 번에 100평씩 30여 번이면 3,000평

이상 확인했다. 그럼에도 아무런 흔적이 없다.

심지어 짐승들이 지나친 일조차 없다. 다시 말해 지난 석 달간 이곳은 거의 무풍지대였다.

몬스터들조차 다가오지 않은 것이다.

여기엔 그럴 수밖에 없는 이유가 있다.

다프네가 뿌린 라이세뮤리안의 소변이 이들이 출입하지 못하도록 막은 것이다.

효력은 일찌감치 떨어졌지만 몬스터와 짐승들은 이 부근에 대한 경외감 내지 두려움을 품은 바 있다.

그렇기에 다가오지 않았던 것이다.

"흐음! 이상하네, 이 정도면 뭐가 나와도 나와야 하는데. 여기가 아니고 다른 덴가?"

현수가 나직이 중얼거릴 때 아리아니가 쫑알거린다.

"주인님! 석 달 이전에 일이 벌어졌을 수도 있잖아요."

"…흐으음! 그런가?"

아리아니의 말대로라면 이곳에선 다프네의 행방을 알 도리가 없다. 그러다 문득 떠오른 생각이 있다.

"혹시 말이야, 같이 왔던 여자들 몸에서 나는 특별한 향 같은 거 없어? 라이세뮤리안의 딸들이잖아."

"있죠. 레드 드래곤의 향이 은은하게 흘러나와요."

"아! 그래? 그럼 아리아니가 좀 찾아줄래?"

"지금은 못 찾아요. 이 근방에 30명이나 돌아다니기 때문이에요."

"그렇군."

루디나 라이사, 에스더와 샬롯, 그리고 다프네에게서 나는 냄새가 거의 비슷하다는 뜻이다.

하긴 모두 라세안의 딸이니 그럴 것이다.

할 일이 없어진 현수는 잠시 주변을 둘러보았다. 그때 100여 보 앞에 있던 누군가가 소리친다.

"여기다! 여기 흔적이 남아 있어요."

얼른 다가가 보니 라이사가 뭔가를 들고 있다. 그건 상처 치료에 사용되었던 거즈와 반창고였다.

라세안과 더불어 미혹의 숲을 지나칠 때 현수는 카레라이스를 만들기 위해 압력밥솥을 사용한 적이 있다.

밥이 거의 다 되어 간다는 뜻으로 압력밥솥의 추가 찰락, 찰락 하며 돌 때 다프네는 신기하다는 표정으로 그것에 손을 댄 바 있다.

그때 손을 데었다. 하여 바세린 로션을 발라주고, 거즈와 반창고로 환부를 감싸주었다. 그리곤 붕대로 감아주기까지 했다.

힐이나 큐어 같은 마법으로 처리가 가능했음에도 어려서부터의 습관 때문에 이렇게 해준 것이다.

그때 라세안이 왜 마법을 쓰지 않느냐고 물었다. 그때 이렇게 대답하였다.

"마법이 좋기는 하지. 하지만 너무 남발하면 안 되네. 인체가 가진 자연치유력이 가장 좋기 때문이야."

"……!"

말을 마친 현수는 한 수 가르쳐 줬다는 표정을 지으며 일어서려다 멈췄다. 봐선 안 될 것이 눈에 뜨인 때문이다.

하나는 자신을 빤히 바라보고 있는 다프네의 눈길이다.

자신에게 상냥하게 대해 준 것이 고맙다는 뜻으로 희미한 미소를 짓고 있었다.

그걸 피해 시선을 내리다가 엉성한 의복 때문에 보이는 두 개의 탐스러운 달덩이를 보게 되었다.

무협소설에선 이를 수밀도(水蜜桃)라 칭한다.

한 입 베어 물면 단물이 주룩 흐르는 아주 맛 좋은 복숭아라는 뜻이다. 물론 진짜 복숭아는 아니다.

잠시 아무런 말도 할 수 없었다.

그런데 사람의 두뇌라는 게 평생 5% 미만만 쓰인다고 한다. 그럼에도 어떤 컴퓨터보다도 고성능일 수 있다.

그렇기에 한 번 본 걸 평생 잊지 못하는 것도 있다.

그때 본 두 개의 달덩이 같은 수밀도도 그중 하나이다. 하여 다프네의 이름을 들을 때마다 떠올리곤 한다.

순간적이지만 현수의 뇌리에 너무도 선명하게 각인된 때문이다.

"허험!"

머쓱해졌기에 나직한 헛기침을 낸 현수는 얼른 몸을 돌려 몇 발짝 앞서갔다.

그런 그를 라세안은 의미심장한 표정으로 바라보았다.

1,000분의 몇 초도 안 될 짧은 순간 동안 현수의 시선 변화를 보았던 때문이다.

현수의 시선 속에 다프네의 가슴이 들어와 있던 바로 그 순간 동공이 확대되었다. 뿐만 아니라 심박수도 늘었다.

오랜 세월을 살아온 라세안은 이것이 무엇을 뜻하는지 안다. 그렇기에 의미심장한 괴소를 베어 물었던 것이다.

어쨌거나 라이사의 손에 들린 건 그때 다프네에게 사용했던 거즈와 반창고이다. 아르센 대륙엔 없는 물건이니 한눈에 알아볼 수 있는 것이다.

현수는 재빨리 주변을 살펴보았다.

멀지 않은 곳에 화살 박힌 나무가 있다. 그리고 다프네가 사용하던 활이 떨어져 있다.

몇 발짝 떨어진 관목 사이엔 화살통과 화살 여러 개가 흩어져 있다.

예리한 안목으로 헤아려 보니 화살수가 20개이다. 하나만

쏘고 나머진 사용조차 못했다는 뜻이다.

"대지의 기억!"

샤르르르르르—!

황금빛 마나가 땅 속으로 스며 들자 지난 석 달간 이곳에서 일어난 일들이 재생되었다.

눈이 내리고 쌓인 눈 위로 여러 번 더 눈이 내렸다. 그리곤 서서히 녹아 현재의 상황이 되었다.

그 안에 다프네의 모습은 포함되지 않았다.

"그럼 석 달도 더 된 일이란 말인가?"

현수가 나직이 중얼거릴 때 숲 안쪽에 있던 여인 가운데 하나가 소리친다.

"여기요! 여기도 뭐가 있어요."

서둘러 소리 난 곳으로 다가가보니 샬롯이 때에 절은 밧줄 토막을 들고 있다. 무언가 싶어 자세히 보려는데 루디 촌장이 화들짝 놀라며 소리친다.

"어머! 이건……?"

"그게 뭔지 알겠습니까?"

"네! 이건 노예사냥꾼들이 사용하는 결박이에요."

자세히 살펴보니 밧줄은 밖에서 안으로 조일 수는 있지만 안에서 밖으로 밀어서 풀어낼 수 없는 매듭이 지어져 있다.

그리고 안쪽에 뾰족한 침들이 박혀 있다.

매듭은 노예의 목 뒤쪽으로 가게 묶이며, 이걸 앞쪽으로 돌리지 못하도록 밧줄에 가느다란 침을 박아놓은 것이다.

전쟁 중 생포된 포로 중 귀족과 기사는 몸값을 내면 풀어주는 것이 아르센 대륙의 풍습이다.

반면 몸값을 지불하지 못한 일반 병사 대부분은 노예가 된다. 이들의 도주를 미연에 방지하고 복종심을 부여하기 위해 사용하는 것이 낙인과 종속마법이다.

남자 노예는 뺨에, 여자 노예는 팔뚝에 낙인을 찍는다. 누구든 쉽게 알아보게 하기 위함이다.

그럼에도 도주할 수 있다. 정신까지 제압된 것이 아니기 때문이다. 마법사가 종속마법을 걸기 전까진 언제든 도주할 수 있으므로 주인만 풀 수 있는 이런 밧줄과 매듭을 쓴다.

"그럼 다프네가 노예사냥꾼에게 잡혀갔다는……."

현수는 차마 뒷말을 잇지 못했다.

노예사냥꾼에게 잡힌 젊고 아름다운 여자가 어떤 곤욕을 치르게 될지 뻔하기 때문이다.

차라리 누군가에게 팔려 성노(性奴)로 쓰이는 게 다행일 정도이다. 그러면 한 사내만 상대하면 되기 때문이다.

대부분 사창가에 팔려 수많은 사내를 상대하게 된다. 여인으로선 견디기 힘든 치욕스런 나날이 이어질 것이다.

"여기까지 노예사냥꾼들이 들어오는 건가요?"

"아뇨! 여긴 라수스 협곡에 속하는 곳이에요 위대한 존재께서 인간의 출입을 금하신 곳이지요."

"그런데 어떻게 여기에 이게 있는 거죠?"

"그러게요. 여긴 못 들어오는 곳인데……. 어떻게 하죠?"

다프네 마을의 여인들은 드래고니안이긴 하지만 유전적 형질은 인간에 가깝다.

드래곤의 혈통을 이었지만 마나 감응도도 낮고, 검술에도 재능이 낮다. 다시 말해 평범한 사람과 별 차이 없다.

활은 잘 쏘지만 노회한 노예사냥꾼들을 상대할 능력은 없다. 그들을 상대하려다 거꾸로 잡히게 되면 자유를 잃을 뿐만 아니라 평생 지옥과 같은 삶을 이어가게 될 것이다.

하여 난감한 표정으로 현수를 바라본다. 이 시점에서 도움을 줄 수 있는 유일한 존재이기 때문이다.

"이쪽으로 나가면 어느 영지요?"

현수가 가리킨 곳엔 나뭇가지가 부러진 흔적이 많다. 다프네가 잡혀가면서 심하게 반항한 결과인 듯싶다.

"잘 몰라요. 저희는 협곡 밖으로 나가본 적이 없어서."

"알았습니다. 어차피 이쪽으로도 가봐야 하니 여기서 헤어지죠. 여러분들은 미혹의 숲을 지나 마을까지의 길을 되짚어보세요. 참! 잠깐만요."

아공간 속에 담겨 있던 음식을 꺼냈다.

이동하면서 먹기 쉽도록 빵과 햄 종류이다. 유효기간이 얼마 남지 않아 보존마법을 걸어주었다.

두어 달은 상하지 않을 것이다. 비닐포장은 환경을 오염시킬 수 있으므로 잘 보관해 달라고 당부했다.

목이 마를 수도 있어 생수도 주었다. 페트병은 나중에 돌려주든지 물이나 기타 액체를 담는 용기로 쓰라고 했다.

여인들은 신기해하면서도 좋아한다. 이들에게 있어 물을 들고 다닌다는 건 상상도 못해 본 일이기 때문이다.

아무튼 여인들 모두 미혹의 숲으로 들어가는 것을 지켜본 현수는 노예사냥꾼들이 남긴 흔적을 따라 조용히 이동했다.

그러다 천진난만한 다프네가 못된 짓을 당했을 수도 있다는 생각이 들자 분노가 솟는다.

그러자 저도 모르게 살기가 뿜어졌다.

가장 먼저 어깨 위에 있던 아리아니가 멀찌감치 떨어졌다.

드래곤 피어에 버금갈 위력인지라 감당해 내기 힘들었던 때문이다.

벌레들도 움직임을 멈췄고, 인근에 있던 몬스터들은 대경실색하며 사방으로 튀었다. 그들에게 있어 현수는 무자비한 드래곤과 동급으로 느껴졌기 때문이다.

최초로 야영한 흔적이 나타나자 대지의 마법을 구현시켰다. 하지만 석 달이 넘은 듯 아무것도 나타나지 않는다.

주변을 살펴보니 다프네가 자루 속에서 발버둥친 듯한 흔적이 있다. 어느 방향으로 갔는지를 가늠하곤 다시 추적했다.

그러다 평지를 만나게 되었다.

가장 먼저 찾은 곳은 화전민 마을이다. 노예사냥꾼에 대해 물어보니 스트마르크 영지로 갔음이 확인되었다.

미판테 왕국 중동부에 위치한 이 영지는 아드리안 공국과 접경해 있고, 변경백인 베르세 후안 반 스트마르크 백작이 영주로 있다.

참고로, 이실리프 군도에서 만난 로드젠 아우딘 준남작의 고향은 홀렌 영지이다. 그리고 이 영지를 먹어치운 네로판 영지의 하우드 남작과 스트마르크 백작은 사돈지간이다.

하우드 남작의 딸이 백작의 며느리가 된 것이다.

홀렌 영지와 네로판 영지 간의 영지전에서 전력이 열세였던 하우드 남작이 승리할 수 있었던 요인은 스트마르크 백작이 지원한 기사와 병사들 덕분이다.

어쨌거나 현수와 스트마르크 백작은 일면식이 있다.

미판테 왕국을 지나 아드리안 공국으로 들어갈 때 출국을 허가했던 인물이고, 귀족이 혼자 다니면 여러모로 불편하니 노예를 사라고 충고했던 인물이다.

오십 대이고, 욕심 사나운 메기처럼 생겼다.

산길을 완전히 벗어나 들판으로 접어드니 파종하는 농노

들이 보인다. 주변엔 이들을 감시하는 병사들도 있다.

현수의 현재 복장은 귀족 예복차림이다. 귀찮은 걸 피하려면 할 수 없기에 갈아입은 것이다.

"잠시만 멈춰 주십시오."

농로를 지나 영주성 인근에 당도하니 수문위병이 정지를 요청한다.

"어디에서 오신 뉘신지요?"

"험험, 스트마르크 백작을 만나러 왔다. 들어가서 코리아 제국의 하인스 백작이 왔다고 전갈하라."

"…잠시만 기다려주십시오, 백작님!"

나이는 어려 보이지만 걸친 의복을 보니 귀족이 아니라고 할 수 없다.

여기저기 박혀 있는 보석만 떼어다 팔아도 큰돈이 될 예복이기 때문이다.

그렇기에 수문위병은 얼른 허리를 숙인다.

"알겠습니다. 안에 전갈을 넣을 때까지 잠시만 기다려주십시오. 백작님!"

"그러지."

초소 안으로 들어간 병사가 노란색 줄을 잡아당기자 멀리서 작은 종소리가 울린다.

뎅, 데뎅! 뎅, 데뎅! 뎅, 데뎅!

종소리가 울리고 약 10분 정도 지났을 때 성 안으로부터 일단의 무리가 달려온다.

척척척척! 척척척척!

보아하니 두 명의 기사와 이십여 명의 병사가 열을 맞춰 달려오고 있다.

"병사! 이분이 귀빈이신가?"

다가온 기사가 수문위병에게 묻자 고개를 끄덕인다.

"네! 코리아 제국의 하인스 백작님이시랍니다. 영주님을 만나러 오셨다고 합니다."

수문위병이 뒷짐 진 채 성 밖 풍광을 바라보고 있는 현수의 뒷모습을 가리켰다.

척, 척, 척! 챙—!

기사는 판금아머를 착용했는지라 걸을 때마다 소리가 난다. 현수 바로 뒤까지 다가와 차렷자세를 취하느라 발뒤꿈치를 부딪치자 금속음이 들린다.

현수는 부러 천천히 몸을 돌렸다. 전형적인 귀족의 모습을 나타내려던 것이다.

"스트마르크 영지 창공기사단 기사 하인스입니다. 저희 영주님과의 면담을 요청하셨다 들었습니다. 사실입니까?"

"하인스?"

아르센 대륙에 처음 왔을 때 가장 많은 이름이 남자는 하인스, 여자는 세실리아라 들었다.

그동안 세실리아라는 이름은 여러 번 접했지만 하인스는 처음이기에 저도 모르게 반문한 것이다.

"네! 기사 하인스입니다."

"하하! 반갑네."

"네⋯⋯?"

생전 처음 보는 얼굴인데 친근한 척하자 왜 이러느냐는 표정을 짓는다.

그러거나 말거나 현수는 웃는 낯으로 물었다.

"자네가 나를 안내하러 나왔는가?"

"네! 제가 모시겠습니다. 백작님! 그런데 수행원들은 어디에 계시는지요?"

스트마르크 백작이 움직일 땐 자작 1명과 남작 2명, 그리고 기사 20명과 200~300명의 병사가 함께 이동한다.

유사시 백작을 보호하기 위함도 있고, 어떤 일을 처리하고자 할 때 손발이 되어줄 인원이 있어야 하기 때문이다.

아울러 귀족의 이동이라는 것을 표내기 위함도 있다.

기사 하인스는 말을 하며 눈동자를 굴려 주변을 살폈다.

그런데 아무도 없는 듯하다. 하여 의아하다는 표정으로 다시 현수를 바라본다.

"수행원은 없네. 나는 혼자 다니는 걸 좋아해서."

"네? 백작님께서 혼자 이동하신다고요?"

기사 하인스는 몹시 의아하다는 표정이다. 홀로 움직이는 귀족은 본적이 없기 때문이다.

"그러하네, 그러니 그냥 안내하게."

"…네! 제가 모시겠습니다.

짧은 순간 현수의 위아래를 파악한 기사 하인스는 더 볼 것도 없다는 듯 절도 있는 동작으로 한 팔을 굽히며 머리를 숙인다. 주군을 찾아온 귀빈을 맞이하는 예이다.

"모시게 되어 영광입니다. 백작님!"

고개를 들고는 역시 절도 있는 동작으로 뒤를 돌았다. 마치 훈련소에서 제식시범을 보이는 조교 같은 모습이다.

척, 척! 챙―! 척척척척!

하인스 기사의 뒤를 따라 안쪽으로 들어가니 동행했던 기사가 군례를 올리곤 현수의 뒤쪽으로 자리한다.

병사들은 이런 훈련이 되어 있었는지 별도의 명이 없음에도 에스코트 대형으로 자리하곤 기사들의 속력에 맞춰 이동했다.

현수는 병사와 기사들이 걷는 소리를 감상하며 이동했다.

스트마르크 영지는 미판테 왕국 동단에 위치해 있다.

서쪽에 자리 잡은 네로판 영지가 있기에 라수스 협곡과는 직접적으로 닿아 있지 않다. 다시 말해 이번 몬스터 러시에 별 영향을 받지 않는 영지이다.

그럼에도 성내는 긴장이 감도는 모습이다.

하인스 기사의 뒤를 따라 들어가니 넓은 연무장이 보인다. 이곳엔 상당히 많은 병사가 도열해 있다.

그들의 앞쪽 단상엔 아머를 걸친 기사들이 서 있다.

"어이! 거기, 뒤에서 세 번째 서 있는 멍청이!"

"……!"

기사의 지적을 받은 부분에 있던 병사들이 서로를 쳐다보며 누가 무슨 잘못을 했는지 눈빛을 교환한다.

그러다 하나가 본인을 지목했느냐며 손가락으로 자신의 가슴을 가리킨다. 이에 기사의 고개가 크게 끄덕여진다.

"그래, 너! 왜 건들거리나? 줄 똑바로 못 서? 정신은 어디에 두고 다니는 거야? 한번 찐한 맛을 보고 싶은 건가?"

"아, 아닙니다. 시정하겠습니다."

지적받은 병사가 화들짝 놀라며 자세를 바로 한다.

"지금부터 지적 받는 자는 그 즉시 열외 하여 뒤쪽에 있는 기사에게 간다. 알았나?"

이곳도 대열에서 열외 되면 한국처럼 얼차려를 받는 모양인지 모두들 잔뜩 긴장한 표정으로 바뀐다.

"네, 알겠습니다."

병사들이 일제히 소리치자 기사는 만족스럽다는 듯 주변을 둘러보고는 다시 말을 잇는다.

CHAPTER 08
홀덴 영지의 몬스타

전능의팔찌

THE OMNIPOTENT
BRACELET

"다시 한 번 말하지만 우리는 위기에 처한 네로판 영지를 구원하기 위해 출동하는 구원군이다. 네로판은 소영주님의 부인이신 세실리아 마님의 고향이다."

이들을 구경하던 현수의 입가로 웃음이 배어든다. 또 세실리아라는 이름의 여인이 있음을 알게 된 때문이다.

이때 기사의 발언이 이어졌다.

"우리 영지와 사돈지간인 영지를 위해 출동하는 만큼 나중에 문제될 일을 해서는 안 될 것이다. 어떠한 경우라도 약탈 및 강간 등의 행위를 해서는 안 된다. 만일……."

지휘관인 듯한 기사의 말은 계속해서 이어졌다. 어떠한 무례도 범하지 말라며 중언부언하고 있다.

힐끔 바라보니 기사 50명, 병사 10,000명 정도 된다.

이 정도면 네로판 영지와의 관계가 무척이나 돈독하다는 뜻이다.

"몬스터 토벌을 나가나?"

"네! 이웃 영지인 네로판 영지 쪽으로 몬스터들이 몰려들어 구원 나갑니다."

"듣자 하니 네로판 영지는 얼마 전에 홀렌 영지를 병합했다고 하는데 그쪽도 그러한가?"

"거기가 제일 심한 곳입니다. 라수스 협곡 바로 아래쪽이라 오크, 트롤, 오거뿐만 아니라 미노타우르스와 사이클롭스까지 출몰한다 합니다."

"사이클롭스까지?"

아르센 대륙에 와서 미노타우르스는 본 적이 있지만 외눈박이 거인인 사이클롭스는 그림으로만 접했다.

멀린이 남긴 몬스터 도감에 이르기를 사이클롭스는 혼자 다니는 법이 없다. 늘 둘 셋, 혹은 서넛이 뭉쳐 다닌다.

신장은 10m 정도 되며, 힘이 장사인지라 나무를 뿌리 채 뽑아 휘두르거나 1톤이 넘는 바위를 던진다고 한다.

이놈은 최하 소드 익스퍼트 최상급 3명 이상이 혼신의 공격을 퍼부어야 상대할 수 있다고 기록되어 있다.

피부가 돌처럼 단단하여 웬만한 검으론 상처 입힐 수 없기 때문이며, 일반적인 화살은 박히지 않는다.

이놈은 덩치가 크지만 상당히 민첩하며, 유일한 약점은 하나밖에 없는 눈이다.

그런데 잠들어 있을 때에도 눈을 뜨고 있기에 접근이 용이하지 않으므로 웬만하면 피하는 것이 좋다는 것이 몬스터 도감을 제작한 사람의 의견이었다.

하나의 사이클롭스를 상대할 때 이러하니 둘이면 여섯 명의 최상급 소드 익스퍼트가 있어야 하고, 셋이면 아홉이 있어야 한다.

한 가지 다행인 점은 주로 깊은 산속에 살기에 사람들이 사는 곳엔 거의 나타나지 않는다는 것이다.

현수는 도열해 있는 기사들을 살펴보았다.

초급과 중급, 그리고 상급이 골고루 분포되어 있다. 최상급은 보이지 않았다.

병사들까지 포함하면 매우 많은 인원이지만 사이클롭스 무리를 만나면 전멸할 수 있는 상황이다.

하여 이 영지에 최상급 소드 익스퍼트가 몇이나 되느냐 물으려 할 때 기사 하인스의 말이 이어진다.

"네! 그래서 영주님이 2차 지원군을 보내려고 저렇게 준비하는 중인 겁니다."

하인스 기사의 말을 들어보니 1차 지원군으로 기사 50명과 병사 20,000명이 갔다. 변경백이기에 국경수비대가 주둔해 있어서 파병 가능한 인원이다.

아드리안 공국과 접경해 있지만 저쪽은 이쪽을 공격할 확률이 거의 없기에 경비병력 중 태반을 빼낸 것이다.

스트마르크 백작은 욕심 사납게 생겼지만 판단력이 꽝인 사람은 아니다.

이웃 영지이며, 사돈이 된 네로판 영지가 엉망이 될 경우 그 여파가 자신의 영지에까지 미치게 될 것이다.

우선 수많은 난민이 물밀 듯 몰려들 것이다. 그다음은 이들을 따라온 몬스터들의 공격이 예상된다.

이 시기에 아드리안 공국 쪽에서 영토를 침범하게 되면 양쪽의 공격을 모두 막아야 한다.

왕국 입장에서 보면 당연히 위태로운 상황이 된다.

그러기 전에 먼저 한쪽을 막아내는 것이 유리하다 판단하였기에 전격적인 파병을 결정한 것이다.

"네로판 영지 쪽에도 기사와 병사들이 많은가?"

"네? 그건……."

기사 하인스가 잠시 말을 멈춘 건 타국 귀족에게 아국의 속사정까지 까발리는 듯한 느낌을 받은 때문이다. 그런데 귀족의 물음이다. 당연히 답변을 해야 했기에 곧 말을 이었다.

"네, 그쪽도 병사들 조련이 상당히 잘되어 있는 것으로 알고 있습니다."

"홀덴 영지와의 영지전에서 별 피해가 없었던 모양이군."

"네! 마침 저희 소영주님의 부인께서 친정에 가셨는지라 큰 피해 없이 항복을 받아냈습니다."

영지전이 벌어질 경우 한쪽의 일방적인 공격이 아니라면 적당한 평지에서 맞붙는다.

영지의 사활이 걸렸는지라 가용한 병력 전부가 동원되지만 모두가 전장으로 향하는 것은 아니다.

혹시 있을지 모를 적의 우회공격을 막아내기 위한 최소한의 병력은 영주성에 남게 된다.

홀렌 영지와 네로판 영지는 오랜 세월 으르렁거리며 상대를 견제하던 사이였다. 전전대 영주들 간의 반목 때문이다.

둘의 군사력은 대등했는데 엄밀히 평가하자면 홀렌 영지 쪽이 약간 더 우세했다.

그래도 맞붙으면 공멸이라는 걸 알기에 서로 변죽만 울릴 뿐 국지전조차 없었다. 사소한 다툼이 전면전으로 번진다는 걸 너무도 잘 알기 때문이다.

그러다 절세미녀로 소문난 하우드 남작의 딸 세실리아가 스트마르크 백작의 며느리가 되었다.

세실리라는 결혼 후 첫 번째 맞이하는 부친의 생일을 축하하기 위해 친정을 찾았다.

소영주와의 사이에서 아이를 잉태하였는지라 기사 50명과 병사 30,000명이 호위했다.

두 영지 사이엔 작은 산만 몇 있을 뿐이다.

몬스터라곤 고블린이 가끔 출몰하는 정도이다. 따라서 이런 대단위 병력 이동이 불필요하다. 하지만 손자를 잉태한 며느리를 보호한다는 명목으로 많은 병사를 파견한 것이다.

사실 이처럼 많은 기사와 병사들이 동원된 것은 부친의 염원을 이루어주기 위함 세실리아의 간청 때문이다. 아울러 사돈이 든든해야 이쪽도 좋다는 생각을 한 때문이기도 하다.

친정에 당도한 세실리아는 스트마르크 백작의 기사와 병사들을 하우드 남작의 가장 약한 부분과 바꿔치기 했다.

강자와 약자를 바꾼 것이다.

그리곤 곧바로 전장으로 향했다.

하우드 남작 성에 남은 병력은 외형상 기사 50명과 병사 30,000명이지만 실제론 모두가 병사뿐이고, 병력도 5,000명을 넘지 않았다.

국경을 수비하던 정예군이 가세되자 홀렌 영지군은 지리멸렬해 버렸다. 마치 홍수를 만난 토용[3]처럼 허무하게 흩어

---

3) 토용(土俑) : 흙으로 만든 인형.

져 버린 것이다.

그 결과 흘렌 영지의 영주 일가 모두가 목숨을 잃었다.

기사와 병사 중 실력이 있는 자들은 스트마르크 백작의 영지로 끌려가 국경수비대에 배속되었다.

행정관들은 부정 축재하였다는 죄목으로 재산은 몰수되고, 강제 노역형에 처해졌다.

흘덴 영지의 영지민들은 수백 개의 무리로 나뉘어 네로판 영지 곳곳으로 보내졌다. 대신 네로판 영지의 빈민들이 대거 흘덴 영지로 이주되었다.

영지 동화작업이 시작된 것이다. 그리고 성공적으로 진행되는 중이다. 흘렌 영지의 영주 일가가 모두 죽었기에 반란의 위험은 거의 없다.

"시종장님! 기사 하인스가 영주님과 만나고자 오신 귀빈을 모시고 왔습니다."

하인스가 군례를 올리자 나이 든 노인이 고개를 까닥이고는 현수를 일별한다. 그리곤 정중히 허리를 꺾는다.

여유 있는 태도와 걸치고 있는 의복으로 미루어 짐작컨대 귀족임이 분명하기에 이런 예를 갖춘 것이다.

"스트마르크 백작가의 시종장 도널드 휴가드 남작이 인사드립니다. 어디에서 오신 누구신지요?"

"코리아 제국에서 온 하인스 백작이네. 스트마르크 백작과는 면식이 있으니 기별을 넣어주게."

"이곳에서 잠시만 기다려주십시오. 백작님!"

"그러지."

"실비아! 백작님께서 편히 쉬실 수 있도록 자리를 마련해드려. 그리고 목이 마르실 테니 차를 올리도록 해라."

"네, 시종장님!"

뒤에 서 있던 시녀가 무릎을 굽히며 고개를 숙인다.

"저 아이를 따라가 잠시 쉬시지요."

"그리하지."

현수가 고개를 끄덕이자 시종장이 안으로 들어간다.

"하인스라 했나?"

"네! 백작님."

가라는 소리를 듣지 못하였기에 서 있던 하인스가 얼른 허리를 숙여 다시 한 번 예를 갖춘다.

"인상이 좋군. 친절한 안내 고마웠네."

"네? 아, 아닙니다. 당연한 일이었습니다. 백작님!"

"이곳 지리를 잘 아는가?"

"물론입니다. 예서 태어나 예서 자랐습니다."

"홀렌 영지 쪽은 어떤가?"

"한동안 소영주님을 모시고 홀렌 영지에 머문 적이 있습니다. 그곳 사람만큼은 아니지만 웬만한 건 다 압니다."

"알겠네. 이만 가서 쉬게."

"네! 백작님! 모시게 되어 영광이었습니다. 그럼!"

하인스는 정중한 군례를 올리곤 제식시범을 보이려는 듯 저벅저벅 걸러서 멀어져 간다.

안으로 들어가려 힐끔 바라보니 실비아라 불렸던 시녀가 멍한 표정으로 하인스의 뒷모습을 지켜보고 있다.

어떤 상황인지 능히 짐작되는 모습이다.

"실비아라 했나?"

"네? 아, 네에. 죄송합니다. 정말 죄송합니다. 한 번만 용서해 주세요 백작님!"

실비아는 얼른 허리를 숙이며 용서해 달라는 표정을 짓는다. 하늘같은 귀족으로 하여금 멍하니 기다리게 했으니 최소가 채찍질이라 생각한 때문이다.

"조금 걸었더니 피곤하다. 내게 편한 의자와 따뜻한 음료를 내어다오."

"네, 이쪽으로……!"

실비아가 안내한 곳은 이런 상황을 대비한 대기실인 듯 싶다. 널찍한 방에는 그림이 스트마르크 백작의 초상화가 걸려 있고, 소파와 탁자 등이 가지런히 정렬되어 있다.

"여기서 잠시만 기다려주세요."

"그러지."

털썩—!

"으윗!"

지구에서의 습관대로 털썩 주저앉았는데 상당히 딱딱하다.

스펀지가 없어 밀짚을 넣어 만든 것으로 오래 사용해서 잘 다져져 마치 돌 의자에 앉은 기분이다.

"으윗! 조금 아프네."

실비아가 언제 들어올지 몰라 엉덩이를 비빌 수도 없어 앉은 채 참아야 했다.

실비아가 가져온 것은 한국으로 치면 둥글레차 비슷한 종류인 듯하다. 약간 달착지근하면서 구수한 내음을 풍긴다.

나무를 깎아 만든 쟁반을 든 실비아는 입구에 서서 차를 다 마실 때까지 기다릴 모양이다.

"실비아!"

현수가 부르자 쪼르르 다가와 고개를 조아린다. 얼굴은 예쁜 편인데 주근깨가 많다.

"네, 백작님."

"하인스 기사가 마음에 드나?"

"네……? 아, 아니에요. 저 같은 게 어찌……! 하인스 기사님은 장래가 촉망되는 분이세요. 제가 감히 넘볼 수 있는 그런 분이 아니에요."

실비아는 말도 안 된다는 표정을 지으며 펄쩍 뛴다.

하지만 속내는 그렇지 않을 것이다. 그러고 보니 제법 반반하게 생겼다. 게다가 영리한 듯싶다.

하여 무어라 말을 하려 할 때 대기실의 문이 열린다.

삐이걱—!

문이 열리고 드러난 인물은 도널드 휴가드 남작이다.

영화 배트맨 비긴즈에 알프레드 역을 맡은 마이클 케인과 비슷한 얼굴이다.

"백작님! 안으로 모시겠습니다."

"그러지."

도널드의 안내를 받아 조용한 복도를 따라 이동했다.

복도 양쪽엔 선대 백작들의 초상화가 가지런히 걸려 있고, 그들이 쓰던 아머와 병장기들 또한 전시되어 있다.

마치 박물관에 들어온 듯한 느낌이다.

"스트마르크 백작도 검을 쓰는가?"

"네! 이 가문의 전통이지요. 초대 가주님께서 창안하신 퍼펙트 스톰 검법의 맥을 잇고 있습니다."

도널드는 오랜 시종 생활이 몸에 익은 듯 가만가만 말을 하면서도 살필 것은 다 살핀다. 현수의 허리춤에 걸려 있는 보석 박힌 바스타드 소드를 유심히 바라본 것이다.

그러고 보니 도널드 역시 검을 익힌 듯하다.

손바닥의 제법 두툼한 굳은살은 요즘도 수련을 게을리하지 않음을 의미한다. 확인해 보니 소드 익스퍼트 상급 수준이다.

"백작의 화후는 어떤가? 자네와 비슷한가?"

"……!"

스트마르크 백작은 50대 중반이고 현수는 25세 정도이다.

도널드는 가주를 칭할 때 '님' 자를 붙이지 않는 현수가 내심 마땅치 않다. 하지만 드러내 놓고 불편한 심기를 표할 수는 없다. 상대는 제국의 백작이고, 자신은 왕국의 남작, 그것도 단승인 귀족일 뿐이기 때문이다.

어쨌든 고위 귀족이 물었다. 당연히 대답해야 한다.

"그걸 왜 물어보시는지요? 그리고 저는 검을 익히지……."

척 봐도 60살은 훨씬 넘어 보인다.

다시 말해 도널드는 노인이다. 그런 사람이 무슨 검을 익히겠느냐는 말을 하려던 찰라 현수가 먼저 입을 연다.

"자넨 소드 익스퍼트 상급이지? 백작은 어떤가? 전에 봤을 땐 상급이었는데 진척이 있었나?"

앞장서서 안내하던 도널드가 획 돌아본다. 하지만 아무런 말도 없었다.

"……!"

"뭘 그렇게 보나? 둘이 서로 대련하며 검법을 익히는 것 같으니 가장 잘 알 것 같아 물은 건데."

"…백작님께서는 얼마 전에 최상급이 되셨습니다."

"호오! 그런가? 그거 경하할 일이군."

현수는 부러 과장된 표정을 지어 보였다. 도널드는 잠시 현수를 바라보다 고개를 갸웃거린다.

현수의 손엔 굳은살이 배여 있지 않다. 검법수련을 하지 않음을 의미한다.

마법사 특유의 음침한 기질도 엿보이지 않는다.

검법도 마법도 익히지 않은 귀족이 아무런 수행원도 없이 남의 나라를 돌아다니고 있다.

용병이라도 고용하여 호위를 맡겼다면 그럴 수 있다.

돈만 있으면 용병단 전체라도 고용할 수 있다.

미판테 왕국에서 가장 유명한 붉은늑대 용병단은 총원이 500여 명이나 된다. 대다수가 전투경험이 많은 백전노장으로 구성되어 있기에 웬만한 영지의 기사단 정도는 찜 쪄 먹을 실력을 갖춘 용병단이다.

어쨌거나 현수는 혼자 왔다. 이 영지에 발을 들여 놓았을 때 많은 용병과 함께 왔다면 벌써 보고가 들어왔어야 한다.

그만한 통신망은 갖추고 있기 때문이다.

어찌 이상하지 않겠는가!

하여 다시 한 번 슬쩍 바라본다. 여전히 아무것도 읽히지 않는다. 도널드가 고개를 갸웃거리는 모습을 본 현수는 피식

실소를 지었다. 어떤 상황인지 짐작된 때문이다.

"이곳에서 잠시 기다려주십시오."

도널드는 높이가 10m에 이르는 커다란 문을 열고 안으로 사라졌다. 그리고 잠시 후 문이 활짝 열린다.

"들어오시지요. 백작님!"

"그러지."

뚜벅, 뚜벅, 뚜벅!

사위가 고요한지라 징 박힌 신발을 신었음이 표 난다.

"하하하! 어서 오십시오. 오랜만에 만나는군요."

집무실 책상 앞에 앉아 밀린 서류들을 처리하던 스트마르크 백작이 자리에서 일어서며 환한 미소를 짓는다.

진짜 반가워서가 아니라 의례적인 것이다.

"네에, 또 뵙는군요."

"아드리안 공국에서 배를 타고 고향으로 가신다더니 아직 못 가신 모양입니다."

잠시 스치며 한 말이었는데도 기억하는 걸 보면 스트마르크 백작은 생각보다 영민한 사람인 듯싶다.

"네에, 사정이 있어서요."

"아! 그랬군요. 자자, 자리에 앉으시죠."

자신보다 훨씬 나이가 어려 보임에도 스트마르크 백작은 낮춰 본다는 등의 태도를 보이지 않는다.

"그럽시다."

이번에 앉은 소파는 만든 지 얼마 안 되는 듯 약간은 폭신한 기분이 든다.

"도널드! 알론주 있지? 가져오게."

"네! 영주님."

도널드가 물러가자 스트마르크 백작의 시선이 현수에게 향한다.

"여전하시군요."

"그래야죠."

"그나저나 우리 영지엔 웬일이십니까? 또 국경을 넘어야 하는 것이라면 이젠 그냥 편히 가서도 됩니다. 아드리안 공국과의 마찰은 이제 없으니까요."

"그것 때문이 아닙니다."

"그래요? 그럼 무슨 일로……?"

타국의 귀족이 아무런 연관도 없는데 나타나 대화를 청했다. 군사적 도움을 청하거나 무역을 하자는 것이 아니면 대화할 거리가 없다. 그렇기에 의아한 표정으로 현수를 바라본다.

"이 영지에 노예사냥꾼들이 있는 것으로 압니다."

"아! 노예를 사러 오신 겁니까? 하하! 전에 내가 말했던 것을 잊지 않으신 모양입니다. 잠깐만 기다리십시오."

말을 마친 백작은 현수의 반응을 기다리지 않고 곁에 있던 종을 친다.

땡, 땡—!

삐이꺽—!

"찾으셨습니까? 영주님!"

문을 열고 들어선 이는 시종 도널드이다.

"카르덴이라 했던가?"

"카르덴이요……? 아, 노예상 카문젠 말씀하시는 겁니까?"

"그래, 노예상 카문젠! 내가 보잔다고 하고 당장 들어오라고 하게."

"네! 알겠습니다."

도널드는 노예상인을 왜 찾느냐는 물음 없이 고개를 끄덕이고는 나간다. 무릇 시종이란 주군의 명이 떨어지면 지체없이 이행하는 것이 미덕이라 여기기 때문이다.

현수는 스트마르크 백작의 말을 제지하지 않았다. 노예상인은 노예사냥꾼과 불가분의 관계에 있기 때문이다.

"그래! 얼마나 사시려 하는 겁니까? 카문젠에게 제법 반반한 것들이 있을 겁니다. 하하하!"

백작의 메기 같은 얼굴엔 느물느물한 미소가 배어 있다.

아직 젊은 현수가 객고를 풀기 위해 예쁜 여자 노예를 사려는 것으로 오인하고 있기 때문이다.

지금보다 10년쯤 전, 아직은 혈기가 왕성할 때 백작은 카문젠으로부터 여러 번 노예를 구입했다.

본처와 여러 부인뿐만 아니라 첩까지 있었지만 모두가 늙었다. 하여 젊고 싱싱한 여인을 품으려했던 것이다.

그때 구입한 성노들은 모두 예쁘고 몸매가 좋았다.

카문젠이 사업의 번창을 위해 백작에게 잘 보이고자 특별히 엄선한 결과이다.

그러다 한동안 거래가 뜸해졌다. 백작의 체력이 예전만 못한 때문이며, 마지막으로 구입한 성노가 제 역할을 잘하기 때문이다.

현수는 스트마르크 백작을 살펴보았다. 전형적인 귀족이며, 느물거리기는 하지만 악질은 아닌 듯싶다.

"백작께서 뭔가 오해하시는 듯한데 내가 찾는 건 노예사냥꾼입니다."

"…아! 그런가요? 어디 점찍어놓은 여인이라도 있는 겁니까? 하하! 역시 젊음이 좋습니다. 하하하!"

또 다른 오해를 한다. 바로 잡을까 하는데 문이 열린다.

그리곤 아까 주문했던 알론주와 말린 과일, 그리고 따끈한 스테이크가 들여졌다. 서빙은 실비아가 했다.

"흐음! 되었다. 이만 나가거라."

"네! 영주님."

실비아는 조심스런 몸짓으로 물러난다. 조금이라도 실수

를 하면 혼날 수 있기 때문이다.

"자아! 드시지요."

쪼로로록—!

현수의 잔에 먼저 술을 채운다. 그리곤 자신의 잔도 채운 뒤 건배하자는 듯 잔을 들고 기다린다.

챙—!

쭈우우욱—!

"캬아~!"

백작은 단숨에 잔을 비우곤 말린 과일 하나를 입에 집어넣곤 우물거린다. 점심 먹은 지 꽤 되어 출출했던 모양이다.

다시 잔을 채우곤 거푸 마신다.

이 동네 주법은 아무래도 '지부지처' 인 듯싶다. 참고로, 지부지처란 '지가 붓고, 지가 처먹는다' 는 말의 준말이다.

자꾸 마시자 하여 현수도 석 잔을 비웠다. 스트마르크 백작은 그사이에 열두어 잔 정도를 마셨다. 알론주는 제법 도수가 높은 술이다. 지구 기준으로 치면 30도 정도 된다.

소주잔보다 큰 잔이었으니 소주로 치면 대략 3병 정도를 마셨는데 백작은 취해 보이지는 않는다.

50대 중반이지만 아직은 체력이 괜찮은 듯싶다. 하긴 소드 익스퍼트 최상급이라면 이 정도는 거뜬해야 한다.

"캬아~! 좋다."

탁—!

말끔하게 잔을 비운 스트마르크 백작은 술을 즐기는 듯 아주 기분 좋은 표정이다.

"그나저나 우리 젊은 백작님이 왜 타국을 홀로 여행하는지 물어도 되겠소? 수행원도 없이 다니던데, 혹시……?"

요상한 눈초리로 바라보더니 의미심장한 웃음을 짓는다.

귀족들은 후세를 위해 일찍 결혼한다.

아르센 대륙의 귀족 사내는 18세가 되면 대부분 결혼한다. 여인은 16세에 유부녀가 되는 경우가 많다.

26살 스테이시 아르웬은 성녀이니 논외이다. 23살 다프네도 산속에서만 살았으니 그렇다 칠 수 있다.

하지만 24살이 된 카이로시아와 22살 로잘린, 그리고 20살이 된 케이트는 특이한 케이스이다.

특별하다 해도 좋을 정도로 빼어난 미모와 지성, 그리고 배경이 있음에도 혼기가 지나도록 배우자를 고르지 않았다.

많은 청혼자가 있기는 했다. 그럼에도 모두를 거절하여 노처녀 소리를 듣기까지 했다.

카이로시아 같은 경우는 아예 결혼을 포기하자는 마음을 먹기도 했다. 냄새나고, 성만 밝히며, 욕심 사납고, 저열한 사내와 살을 비비며 사는 것이 마뜩치 않았기 때문이다.

어쨌거나 스트마르크 백작이 볼 때 현수는 이미 결혼한 귀족이다. 25세 정도면 본처 이외에도 2~3명의 여인을 더 수집했을 것으로 여겨진다.

본인 또한 그러했기 때문이다.

아무리 아름다운 여인과 함께하는 삶이라 하더라도 권태기라는 것이 찾아온다.

이때가 되면 사내들은 다른 꽃에 시선을 주기도 한다.

스트마르크 백작은 카문젠으로부터 일곱 명의 성노를 구입했다. 그리곤 실컷 즐겼다.

다른 귀족의 경우 이러고도 되파는 경우가 있다.

예를 들어 A라는 성노를 100골드에 매입했다. 한국돈으로 치면 약 1억 원이다. 실컷 즐기곤 40골드에 되판다.

그리곤 B라는 새로운 성노를 100골드에 매입한다. 두 번째 구입엔 60골드밖에 안 든 셈이니 이익이다.

문제는 되팔린 A이다. 반품 즉시 사창가로 팔려간다. 그리곤 지옥과 같은 삶을 살게 되는 것이다.

이것이 대부분 귀족의 행태이다. 다른 사람의 삶 따위는 전혀 배려치 않는 것이 미덕인 것으로 여긴다.

하지만 스트마르크 백작은 그러지 않았다. 카문젠으로부터 구입한 성노 일곱은 여전히 그의 지배하에 놓여 있다.

이 중 맨 처음 구입한 성노는 나이 40이 넘었다. 여자로선 시들어버린 나이이다. 그럼에도 버리지 않은 것이다.

각별히 사랑하거나 아껴서가 아니다.

　한때나마 자신이 품었던 여인이기에 차마 내칠 수 없어 후원에 마련된 하렘에 머물도록 한 것이다.

　어쨌거나 스트마르크 백작은 현수가 마누라를 놔두고 홀로 이곳저곳을 방랑하면서 바람피우러 다니는 것으로 여긴 듯하다.

　현수는 그냥 놔두면 이런 상황이 계속될 것이라 여겼다. 하여 정색을 하며 입을 열었다.

　"백작! 내가 노예사냥꾼을 찾는 이유는 한 여인이 실종되었기 때문이오."

　"에고, 점찍어 두었던 것이 사라진 모양입니다."

　여전히 농담 투이기에 현수는 굳은 표정을 지었다.

CHAPTER 09
노예사냥꾼들을 데려와!

전능의 팔찌
THE OMNIPOTENT
BRACELET

"백작! 그 여인은 라수스 협곡의 지배자인 레드 드래곤 라이세뮤리안의 딸이오."

"…네에? 뭐라고요? 그, 그 말씀은……."

백작은 알딸딸하게 오르던 취기가 한번에 사라지는 경험을 하는 듯 눈을 크게 뜬다.

"겉보기엔 완벽한 인간이지만 실제론 드래고니안이오."

"세, 세상에……. 어떤 간 큰 놈이 감히 위대한 존재의 딸을 납치했단 말입니까?"

백작의 안색은 하얗게 탈색되었다.

분노한 레드 드래곤의 브레스가 영지를 휩쓸어버리는 장면을 상상한 때문이다. 그런데 현수의 섬뜩한 말이 이어진다.

"노예사냥꾼! 그들은 이 영지로 흘러들었소."

"네에? 저, 정말인 겁니까?"

"내가 직접 그 흔적을 추적하여 왔소. 그런데 외성에서 그들의 종적이 사라졌소. 너무 많은 사람이 오가느라 지워진 듯하오."

"아……!"

스트마르크 백작이 나직한 탄성을 낼 때 노크 소리가 들린다.

쿵, 쿵, 쿵―!

"영주님! 노예상인 카문젠 당도하였습니다."

"어, 어서 들라 이르라."

삐이꺽―!

문이 열리고 40대 중반으로 보이는 다소 비대한 사내가 들어서며 모자를 벗는다.

"아이고, 오래간만이옵니다. 영주님! 미천한 소생을 이처럼 불러주시어 참으로 영광이옵니다."

오랜 장사로 능글능글함이 몸에 배인 듯한 사내이다.

"앉아라!"

현수의 말이 떨어지자 카문젠이 백작을 바라본다.

"처음 뵙는 귀족이신 듯한데 뉘신지요? 소인이 알아야 인사를 올리지 않겠습니까?"

카문젠의 말에 대꾸한 것을 백작이다.

"이분은 코리아 제국에서 오신 하인스 백작님이시다."

"코리아 제국이요? 우리 아르센 대륙에 그런 나라도 있습니까?"

금시초문이라는 표정을 지으면서도 현수의 위아래를 훑는다. 그러거나 말거나 현수는 냉막한 표정이다.

"자네, 노예상인 카문젠이라 했나?"

"네, 백작님. 혹시 필요한 게 있으신가요? 말씀만 하십시오. 원하는 타입으로 재깍 대령하겠습니다요."

카문젠은 다소 아첨하는 투로 말을 했지만 내심은 현수를 무척 고깝게 생각하는 듯한 눈빛이다.

"내가 알고 싶은 건 노예를 공급해 주는 노예사냥꾼들이 지금 어디에 있는가이다."

"네? 그건 왜… 물으시는지요?"

노예가 아닌 노예사냥꾼을 찾는다 하자 눈빛이 날카롭게 변한다. 자기 밥그릇에 손대려는 것으로 오인한 때문이다.

"이유는 알 필요 없고 어디에 있는지만 말해주면 된다."

"그건 조금 곤란합니다요. 저희도 상도덕이라는 게 있어서……. 답변드릴 수 없음을 송구스럽게 생각합니다요."

카문젠은 약간 물러앉는다. 더 이상의 대화를 잇고 싶지 않다는 몸짓이다. 이때 스트마르크 백작이 끼어든다.

"카문젠! 대답하는 게 좋을 거다."

"백작님! 대체 그 녀석들은 왜 찾으시는 겁니까요? 그 녀석들은 제 장사 밑천이나 다름없습니다요. 그러니 필요한 게 있으면 제게 말씀해 주시……."

"스테츄!"

말을 이으려던 카문젠의 동작이 정지된다.

"…마법사이셨습니까?"

갑작스런 마법에 스트마르크 백작이 화들짝 놀란 표정을 짓는다.

현수는 백작의 말에 대꾸하지 않았다. 카문젠에게 시선이 고정되어 있기 때문이다.

"좋은 말로 할 때 말하는 것이 좋을 것이다."

"……!"

홀드 퍼슨은 행동만 제약할 뿐 말은 할 수 있다. 반면 스테츄는 글자 그대로 조각상처럼 눈동자조차 움직일 수 없다.

그렇기에 카문젠은 아무런 대꾸도 하지 못했다. 현수는 잠시 그를 바라보았다.

"매직 캔슬!"

"휴우~!"

긴장감 때문에 숨을 멈추고 있던 카문젠은 긴 한숨을 쉬며 슬쩍 스트마르크 백작을 바라본다.

어찌 된 사람인지 궁금한 것이다. 그러거나 말거나 현수의 말이 이어진다.

"너에게 노예를 공급해 주는 놈들이 큰 잘못을 저질렀다. 놈들의 행방을 알아야겠으니 좋은 말로 할 때 대답하는 것이 좋을 것이다. 분명히 말하지만 나는 분노를 억누르는 중이다. 만일 화를 낸다면······. 아니다. 어서 말이나 해라."

"···죄송한 말씀입니다만 아까도 말씀드렸듯이 그들은 제 장사 밑천이나 다름없습니다요. 그들이 무슨 큰 잘못을 했는지 모르겠습니다만 저는 말해 드릴 수가······. 그리고 그들을 잡아 족치시면 제 사업에 지장이 너무 커서······."

카문젠은 끝까지 대답하지 않겠다는 듯 말을 돌린다. 이때 스트마르크 백작이 끼어든다.

"놈들이 드래곤의 딸을 납치했다. 여기 계신 하인스 백작님은 그들의 뒤를 추적하여 여기까지 오셨고."

"네, 네에······?"

카문젠 역시 대경실색하는 표정을 짓는다. 납치된 사람이 귀족의 딸이라 해도 놀랄 지경인데 드래곤의 딸이란다.

황제의 딸을 납치한 것보다도 큰 화근이 될 일이다.

황제는 이성이라는 것이 있지만 분노한 드래곤은 그따위

것이 있을 리 없기 때문이다.

누구의 잘잘못을 구구절절이 따지지도 않을 것이다. 모든 것을 짓밟을 게 뻔하다. 하여 카문젠이 깜짝 놀라는 표정을 지을 때 스트마르크 백작의 말이 이어진다.

"놈들이 납치한 건 라수스 협곡의 지배자 라이세뮤리안님의 딸이다. 이제 어찌 된 상황인지 알았나?"

"헉! 라, 라수스 협곡의 지배자요? 그, 그럼 레드 드래곤?"

카문젠의 동공은 더 이상 커질 수 없도록 팽창한다. 짓밟는 정도가 아니다. 시뻘건 화염의 브레스 한 방이면 영주성 따위는 잿더미가 된다. 자신의 영업장 역시 작살날 것이다.

이때 현수의 음성이 이어진다.

"내 아내가 될 여인이기도 하다."

"아! 그러셨습니까?"

이제야 현수가 노예사냥꾼을 찾는 이유를 알았다는 듯 스트마르크 백작이 나지막한 탄성을 낸다.

카문젠이 사실이냐는 표정으로 현수를 바라본다. 드래곤의 딸을 아내로 맞이하려는 귀족이라니 새삼스런 것이다.

이때 현수의 나머지 말이 이어졌다.

"나! 이실리프 마탑의 제2대 마탑주 하인스 멀린 킴 드 셰울의 아내가 될 여인이다. 노예사냥꾼은 어디에 있느냐?"

"네에……? 누, 누구시라고요?"

카문젠이 화들짝 놀라며 벌떡 일어선다. 이때 스트마르크 백작은 자신의 귀를 의심하는지 귓구멍을 후비고 있다.

"나는 이실리프 마탑의 마탑주이자 이 세상 모든 마법사의 정점 위저드 로드이다."

"헉! 지, 진짜이십니까?"

"……!"

카문젠이 저도 모르게 반문한 바로 그 순간 현수는 대답대신 본인의 존재감을 확 드러냈다.

화아아아악―!

"흐억!"

"헥!"

카문젠이 털썩 주저앉는다. 무릎에서 힘이 빠져버린 결과이다. 스트마르크 백작은 재빨리 무릎을 꿇는다.

현수가 어떤 사람인지를 알게 된 때문이다.

"소, 소인 베르세 후안 반 스트마르크가 위대하신 그랜드 마스터님을 뵈옵니다."

"이, 이분이 그, 그랜드 마스터님이시라고요? 조, 조금 전에 위, 위저드 로드라 하셨는데 어찌……?"

카문젠은 이 상황에도 궁금한 건 해결 봐야 하는지 스트마르크 백작을 바라본다. 평민 주제에 고위 귀족인 백작에게 어서 대답하라는 표정이다.

"어허! 무엄하다. 감히 위저드 로드이시자 그랜드 마스터 이신 위대한 분을 앞에다 두고……. 어서 무릎 꿇지 못할까? 정녕 죽고픈 것이냐?"

스트마르크 백작 역시 검의 길을 걷는 무사이다.

얼마 전 자그마한 깨달음을 얻어 소드 익스퍼트 최상급이 되는 성과가 있었다. 상급에서 겨우 한 단계 높아지는 데 무려 십 년이나 걸렸다.

이제 소드 마스터가 되기를 바라지만 얼마나 걸릴지 가늠조차 할 수 없다.

백작 본인은 앞으로 25년쯤 후에는 소드 마스터가 되는 기쁨을 누릴 것이라 예상하고 있다.

그때 바디 체인지를 겪으면 실제 나이는 여든 살이지만 신체 나이는 40대 초반쯤 될 것이라 생각한다. 물론 아무런 성과가 없어 평생토록 최상급에 머물 수도 있다.

그만큼 되기 어려운 것이 소드 마스터이다.

역사적 기록을 뒤져보면 그런 소드 마스터 1,000명 중 겨우 하나 정도가 위대한 그랜드 마스터가 된다.

그때 다시 한 번 바디 체인지를 겪게 되지만 워낙 많은 나이에 이런 경지에 오르므로 실제로 활동한 시간은 짧았다.

어쨌거나 스트마르크 백작의 호통에 놀란 카문젠은 재빨리 무릎을 꿇고 고개를 조아렸다.

레드 드래곤도 무섭지만 현수는 더 무서운 존재이다.

세상 모든 마법사와 모든 기사로 하여금 노예상인들을 없애라 하면 다음 날 그 뜻대로 이루어질 것이기 때문이다.

드래곤에게 무례를 범하면 숨어 지내며 연명할 수 있다. 하지만 위저드 로드 또는 그랜드 마스터에게 죄를 지으면 살 수가 없다. 인간은 사회적 동물이기 때문이다.

그런데 현수는 위저드 로드이면서 동시에 그랜드 마스터이고, 이실리프 마탑의 제2대 마탑주이다.

게다가 레드 드래곤 라이세뮤리안의 딸을 아내로 맞이할 존재이다. 결코 눈 밖에 나선 안 될 인물이다.

"이놈! 어서 위대하신 분께 고하거라. 노예사냥꾼들은 어디에 있느냐?"

스트마르크 백작이 재차 호통치자 카문젠이 급히 고개를 바닥에 처박으며 소리친다.

쿠웅―!

"으웃……! 소, 소인 카문젠이 아뢰옵니다. 소인에게 노예를 공급해 주는 노예사냥꾼은 모두 열두 무리가 있사옵니다. 자, 잠시만 시간을 주시면 놈들이 어디에 있는지 보고를 드리겠사옵니다. 하오니 미천한 소인에게 시간을 주십시오."

카문젠은 벌벌 떨며 대답을 한다. 그런 그의 하의는 축축하게 젖고 있다. 범을 만난 강아지처럼 두려움에 떠느라 저도 모르게 실례하고 있었던 것이다.

"멀리 있지 않는 자들은 모두 끌고 와라. 알았나?"

"무, 물론이옵니다. 후딱 다녀오겠습니다요."

"시간은 얼마면 되겠는가?"

"하, 한 시간… 아니, 두 시간만 주시옵소서!"

"두 시간……? 좋아! 가라."

두 시간이면 천지개벽하는 일이 벌어지고도 남을 수 있는 시간이다. 그럼에도 시간 단축을 요구하지 않은 이유는 이곳의 통신 상황이 열악하기 때문이다.

어딘가에 짱 박혀 있을 노예사냥꾼들을 한꺼번에 집합시키는 일은 사실 쉬운 일이 아니다.

서로 거래를 하는 상대일 뿐 상하관계가 아니기 때문에 부른다 하여 곧장 온다는 보장이 없기 때문이다.

하여 카문젠이 시간을 부풀려도 트집 잡지 않았던 것이다.

"네! 금방 다녀오겠습니다요."

후다다닥―!

현수의 말이 떨어지기 무섭게 카문젠은 달려간다.

쌍방울에서 요령 소리가 나고, 눈썹이 휘날리다 빠질 정도로 빠르다. 제정신이 아니기에 저도 모르게 초능력이 발휘되고 있는 모양이다.

카문젠이 나가버리자 홀로 남게 된 스트마르크 백작은 부르르 떤다. 도저히 감당할 수 없는 존재와 남은 때문이다.

비근한 예를 들자면 갓 자대 배치를 받은 이등병이 있다.

헌병대 소속으로 육군본부 청사 앞 위병근무를 서던 중 참모총장을 마주보게 되었다.

근무 중인 병사들의 계급장을 본 참모총장은 부러 푸근한 표정을 지으며 이등병에게 다가갔다.

그리곤 이렇게 물었다.

"자네 혹시 불편하거나 힘든 점이 있는가?"

이 대목에서 이등병은 무어라 대답하겠는가!

"근무 서고, 훈련 받는 게 너무 힘듭니다."

"고참들이 너무 갈궈서 자살하고 싶습니다."

"짬밥이 너무 맛이 없습니다. 그리고 아무 때나 먹을 수 있게 해주십시오."

"똥 쌀 시간도 없어서 힘듭니다. 자유 시간 많이 주십시오. 힘들어 죽겠습니다."

"기상시간이 너무 이릅니다. 아홉 시쯤 일어났으면 좋겠습니다. 그리고 아침 구보 없애주십시오. 힘듭니다."

"훈련이 고되서 미치겠습니다. 이런 훈련 왜 시킵니까? 적과 싸울 의지만 있으면 되는 거 아닙니까?"

"왜 청소는 저 같은 쫄따구들만 하고 고참들은 빈둥거립니까? 낼

모레 제대할 말년들도 청소시키십시오."

"매일 두 시간씩 섹시한 걸들이 나오는 TV나 보게 해주시오. 그런데 걸그룹 위문은 언제 옵니까?"

이런 말을 하는 이등병은 아마 없을 것이다.

그랬다가는 제대하는 날까지 온갖 갈굼을 당하는 동시에 전군에 전설로 남게 될 것이기 때문이다.

모르긴 몰라도 사회에 나와서도 편치 못할 것이다.

따라서 제정신인 이등병들은 이렇게 대답한다.

"아닙니다. 없습니다. 감사합니다!"

이게 아마 대부분의 이등병의 입에서 나올 말일 것이다. 그렇게 대답을 했더니 참모총장이 빙그레 웃는다.

"그래! 아무튼 수고가 많네. 이 앞에서 근무를 서는 동안 자넨 육본의 얼굴이네. 그러니 열심히 임무에 임해주게."

"네! 알겠습니다."

이등병은 목청이 터져라 대답을 했을 것이다.

그런데 참모총장의 눈에 이등병의 옆구리 뒤쪽으로 삐져나온 전투복 상의가 보인다.

이등병은 임무에 임하기 직전 화장실에 들러 큰일을 보고 왔다. 그런데 변비가 있어 많은 시간이 지체되었다.

시각을 확인한 이등병은 깜짝 놀라며 허겁지겁 군복을 정제하고 후다닥 튀어나왔다. 근무시간 임박이었던 것이다.

그런데 눈에 잘 보이지 않는 옆구리 쪽의 상의가 채 들어가지 못하고 튀어나와 있었던 것이다.

참모총장은 아버지 같은 미소를 지으며 이등병의 군복을 친히 넣어준다. 그러다 이등병의 군화끈이 군화 밖으로 삐져나와 덜렁거리는 것이 또 보였다.

"이런! 군화끈이 이렇게 나와 있으면 안 되지."

말을 마친 참모총장은 이등병이 무어라 하기도 전에 한쪽무릎을 꿇으며 군화끈을 정리해 주었다.

일련의 모습은 참모총장의 뒤를 따라오던 헌병대장과 휘하 장교들, 그리고 부사관들의 눈에 띄었다.

그들은 시선만으로 이등병을 잡아먹을 수 있으면 그러겠다는 듯 강렬한 눈빛을 보내며 쏘아보고 있다.

이때 이등병의 심정은 어떻겠는가?

지금 스트마르크 백작의 심정이 이러하다. 본인의 심장이 쿵쾅거리는 소리가 들리는 기분이다. 입안에 침은 바싹 바르고, 몸은 저도 모르게 바르르 떨린다.

생각해 보니 조금 전까지 분위기 파악 못하고 농담 따먹기를 했다. 여인네를 점찍어 두었느냐는 등의 말이다.

안색이 하얗게 변한다. 본인의 잘못을 인식한 것이다.

"위, 위대하신 분께 소, 소인이 무례를 범하였사옵니다. 부디 소인을 용서치 마시옵소서. 마시옵소서!"

백작은 시위하는 것도 아닌데 후렴구를 반복한다.

그리고 겁에 질렸는지 평소 쓰지 않던 사극투로 이야길 하고 있다.

잠시 말이 없던 현수가 점잖은 음성으로 입을 열었다.

"백작은 편히 앉으라."

스크마르크 백작은 고개를 좌우로 크게 젓는다.

"아, 아니옵니다. 소, 소인이 어찌……. 이렇게 뵈옵는 것만으로도 평생의 광영이옵니다."

이 말은 진심이다. 그랜드 마스터이자 위저드 로드인 사람은 아르센 대륙 역사상 딱 하나뿐이다.

인간으로 폴리모프했던 드래곤들조차 못 이룬 경지이다.

오늘 위대한 존재로부터 처벌받아 목숨을 잃지 않는 한 이 만남은 역사적인 일이 된다.

그렇기에 가문의 영광이라는 생각을 하고 있었던 것이다.

"내가 보기에 불편하다. 백작은 자리에 앉으라."

"…위대하신 마스터의 명을 받자옵니다."

스트마르크 백작이 어정쩡한 자세로 일어서려던 바로 그 순간 집무실의 문이 열리면서 도널드가 들어선다. 그 뒤에는 실비아가 따르고 있는데 간단한 안주거리가 들려 있다.

이 순간 자리에서 일어서려던 스트마르크 백작이 무게 중심을 놓치면서 도로 주저앉는다. 얼핏 보면 현수가 뒤로 밀어서 쓰러지는 상황인 것처럼 보인다.

"이런! 여, 영주님을……! 네, 네 이놈……!"

도널드는 장식용으로 걸어놓았던 바스타드 소드를 뽑아 들더니 단숨에 거리를 좁힌다. 현수가 주군인 스트마르크 백작을 공격했으니 응징하려는 것이다.

그렇지 않아도 자신의 주군을 칭할 때 '님' 자를 붙이지 않은 것이 마땅치 않았다.

제국의 백작이라고는 하나 들어본 적도 없는 나라이다. 게다가 주군 역시 백작이다. 나이는 2배 이상 많아 보인다.

그런데 싸가지 없이 같은 백작이라고 맞먹었다. 당연히 좋은 마음을 가질 수 없다. 그렇기에 지체하지 않고 검을 휘두른 것이다. 지금 당장은 주군을 위해한 존재이기 때문이다.

"어어~!"

스트마르크 백작이 뭐라 말하려는 순간 도널드가 휘두른 바스타드 소드는 현수의 좌측 어깨로부터 우측 옆구리까지를 베려하고 있다.

휘익! 채에엥~! 챙그랑!

"크으윽……!"

도널드의 바스타드 소드는 전능의 팔찌로부터 발현된 앱솔루트 배리어와 격돌했다. 눈에 보이지 않는 마나의 막이 만들어낸 반탄력은 대단했다.

너무 강한 반탄력에 도널드는 검을 놓쳤고, 호구는 물론이고 팔 전체로 느껴지는 통증에 나직한 신음을 토했다.

"이, 이건……?"

앱솔루트 배리어는 눈에 보이지 않는다. 물론 현수는 예외이다. 그렇기에 어찌 된 영문인지 몰라 눈을 크게 뜬다.

가만히 서 있기만 한 현수를 건드려 보지도 못한 채 검을 놓쳤다. 누군가 도왔다 생각하곤 재빨리 주위를 둘러본다.

주군인 스트마르크 백작이 뭔가 이야기하려 입을 열려는 중이고, 현수는 가만히 바라만 보고 있다.

실비아는 여전히 문 근처에 쟁반을 든 채 서 있다. 영주 집무실엔 자신을 포함한 넷을 제외하곤 아무도 없다.

그렇다면 눈에 보이지 않는 인비저블이나 그보다 훨씬 경지가 깊어야 시전할 수 있는 퍼펙트 트랜스페어런시 마법을 쓰는 마법사가 있다는 뜻이다.

하여 두리번거리며 조력자를 찾았다. 예리한 시선이다. 이때 주군의 음성이 귓전을 때린다.

"도널드! 무례를 범치 마라."

"네? 뭐라고요? 무례라니요?"

도널드는 또 다른 인물이 있나 싶어 주위를 살핀다. 그런데 아무도 보이지 않자 떨어진 검을 집어 든다. 그리곤 곧장 현수에게 그것을 겨눈 뒤 한 발짝을 떼려했다.

이 순간 백작이 다시 한 번 소리친다.

"도널드! 마스터께 무례를 범치 말라고 했다."

"여, 영주님! 마스터라니요?"

"도널드! 어서 무릎을 꿇게. 그랜드 마스터이시네."

"네에……? 근데 누가요?"

도널드의 대꾸에는 약간의 틈이 있었다.

그랜드 마스터라면 자신의 검 따위는 쉽게 저지할 수 있다. 그런데 누구냐는 뜻이다.

이제 겨우 스물다섯 살로 보이는 하인스 백작이 장본인이라는 것은 아예 상상조차 못한 때문이다.

그러다 스트마르크 백작이 흠모로 가득 찬 눈빛으로 현수를 바라보는 것을 보게 되었다. 당연히 대경실색이다.

"그, 그럼……?"

"그래! 이실리프 마탑의 제2대 마탑주이시기도 하다. 다시 말해 세상 모든 마법사의 정점에 계신 분이시다."

털썩—! 챙그랑!

도널드 역시 오금의 힘이 빠졌는지 무릎이 망가지든 말든 그대로 꿇어버린다.

"주, 죽을죄를 지었습니… 아니, 지었사옵니다. 소, 소인의 무례를 부디 요, 용서하여 주시옵소서!"

이 순간 도널드는 제정신이 아니다. 하늘보다도 위대한 그 랜드 마스터에게 죽으라고 검을 휘둘렀다.

단숨에 수급이 베어져도 할 말이 없는 큰 죄이다.

국가로 치면 반역에 해당된다. 그랜드 마스터는 모든 검사에게 있어 지고한 선망의 대상이기 때문이다.

다시 말해 신하가 황제에게 칼을 휘두른 것이나 다름없다. 그러니 어찌 정신이 있겠는가!

"마스터시여! 소인을 죽, 죽여주시옵소서! 소, 소인 정말 큰 죄를 지었사옵니다. 마스터!"

'근데 왜 다들 사극투야? 쩝! 남세스럽네.'

이렇게 생각한 현수는 백작에게 시선을 주었다.

"백작! 카문젠의 힘만으론 노예사냥꾼들을 불러들이는 게 난감하거나 힘들 수도 있네. 그러니 자네의 병사와 기사들을 파견하여 돕게."

카문젠이 나가서 위저드 로드이자 그랜드 마스터인 이실리프 제2대 마탑주께서 노예사냥꾼들을 대령하라고 하면 누가 믿겠는가!

미친놈 소리 듣기에 딱 알맞다. 그리고 그걸 믿는다 쳐도 왜 불렀는지를 물었을 때 드래곤의 딸을 납치해 온 정신 나간 놈들을 찾는다 하면 어찌하겠는가!

죄 없는 자야 불안한 마음을 품고라도 오겠지만 장본인들은 자신들만 아는 바위 밑 동굴 같은 곳으로 들어가 다시는 나오지 않을 것이다.

잡히는 즉시 무지막한 고문에 이은 사형이 기다리고 있을 것이기 때문이다. 어쩌면 산채로 씹혀 먹히는 꼴을 당할 수도 있을 것이다. 하여 백작의 병사들까지 풀어 놈들을 반드시 잡아들이라는 뜻이다.

"무, 물론이옵니다. 즉시 명대로 하겠사옵니다."

크게 고개를 끄덕인 백작이 도널드에게 시선을 준다.

"들었지? 가서 기사들 모두 내보내 카문젠과 거래한 노예 사냥꾼을 데려오게."

"네! 영주님."

도널드는 더 생각할 것도 없다는 듯 벌떡 일어나더니 후다닥 뛰어간다. 그러다 문고리를 잡고는 뒤를 돌아본다.

"죄, 죄송합니다. 마스터!"

"……!"

현수가 뭐라 대꾸하기도 전에 도널드는 사라졌다.

쿵—!

나가면서 문을 밀었는지 육중한 소리를 내며 닫힌다.

시선을 돌려보니 실비아가 쟁반을 든 채 사시나무 떨 듯 떨고 있다.

하늘같은 시종장 도널드와 그보다 더 높아 똑바로 쳐다볼 수도 없던 영주님이 무릎을 꿇고 고개를 조아리는 장면을 보았는데 어찌 멀쩡할 수 있겠는가!

쟁반 위에 들린 음식은 실비아가 너무 심하게 떨자 조금씩 귀퉁이 쪽으로 움직이고 있다. 하지만 이를 느끼지 못하는 듯 멍한 시선으로 현수만 바라보고 있을 뿐이다.

스르륵! 챙그랑—!

"에구머니나!"

쟁반이 조금 더 기울어지자 접시는 기다렸다는 바닥으로 추락했다. 화들짝 놀라 이를 잡아채려 했지만 접시가 더 빨랐다.

요란한 소리와 함께 음식물이 사방으로 튀었다.

술안주로 가져온 것인지라 국물이 있는 것과 없는 것 두 가지였는데 그만 엉망이 되어버린 것이다.

놀란 실비아는 맨손으로 음식들을 접시 위에 도로 담았지만 이미 먹을 수 없는 상태이다. 한국처럼 방바닥이 장판이나 강화마루, 또는 데코타일 같은 것이고 말끔하게 청소가 되어 있었다 하더라도 위생상 먹기엔 저어된다.

그런데 영주 집무실 바닥은 돌이다. 그것도 매끄럽게 다듬어지지 않아 거친 표면을 가진 석재이다.

매일매일 빗자루질은 하지만 물청소나 걸레질 같은 건 하지 못한다. 대걸레라는 개념이 없기 때문이다.

거친 표면은 지난 수백 년간 이곳을 드나든 수많은 사람의 신발에서 연유된 각종 이물질로 채워져 있다.

전장에 나갔다 돌아온 영주와 기사들의 신발에서 묻은 진흙가루도 있지만 몬스터의 혈액도 있다.

아무튼 음식은 먹을 수 없는 지경이다.

실비아는 곧 엄청난 호통 소리에 이은 강렬한 처벌이 있을 것이라는 것을 직감했기에 울상이다.

하지만 눈물을 흘리지도 않았고, 소리 내어 탄식을 터뜨리지도 않았다. 본인은 그럴 자격도 없는 자리이기 때문이다.

조심스레 곁눈질을 하던 실비아는 현수와 시선이 마주치자 얼른 고개를 숙이곤 나머지 찌꺼기들을 주워 담았다.

이때 현수의 음성이 있었다,

"백작! 왕궁에서 듣자 하니 예전에 홀렌 영지였던 곳과 네로판 영지가 몬스터들에 의해 위태롭다 들었소."

"네, 사실이옵니다. 마스터!"

스트마르크 백작은 더없이 공손한 음성과 표정을 지으며 고개를 끄덕인다.

"카문젠이 오기 전에 그곳을 다녀올까 싶소."

"네? 거기까지 가려면 최소 며칠은… 아! 네에."

기사들이 가려면 몇날며칠을 말 위에서 보내야 간신히 당도할 수 있는 곳이지만 위저드 로드에겐 불과 1~2초면 당도할 수 있음을 깨닫고는 얼른 고개를 끄덕인다.

CHAPTER 10
사진 속의 다프네

"내가 그쪽 지리에 대해 아는 바가 없어 조력자가 필요하
오. 도움이 필요하오."

"조력자요? 그럼 그쪽에 대해 잘 아는 자들을 수배하겠습
니다. 잠시만 기다려주십시오."

백작 역시 자리에서 일어서려 한다.

곤혹스런 이 자리를 빨리 벗어나고 싶다는 본능이 시킨 일
이다. 그런데 발목을 붙잡는 소리가 들린다.

"나는 이곳 기사 중에 하인스라는 자가 필요하오."

"하, 하인스요?"

"듣자 하니 한동안 홀렌 영지에 머물다 와서 그곳 지리를 제법 안다 들었소. 그러니 괜찮다면 하인스를 불러주시오."

"아! 무, 물론입니다. 그렇게 하겠습니다."

말을 마친 백작은 여전히 음식 찌꺼기를 주워 담고 있는 실비아에게 시선을 돌린다.

"실비아! 그건 내버려 두고 가서 하인스를 불러와라."

"네! 영주님."

명이 떨어지자 실비아는 고개를 숙여 예를 표하곤 총총걸음으로 물러난다. 어차피 찌꺼기를 마저 치우려면 도구가 필요했던 때문이기도 하다.

"백작! 방금 나간 실비아도 데리고 가겠소."

"실비아를요? 그 아인 이 영지를 벗어나본 경험이 없는 아이이옵니다. 한데 어쩐 일로……."

"오다 보니 실비아가 하인스에게 연모의 정을 품고 있는 듯하오. 이곳에 온 기념으로 서로가 마음이 있다면 둘을 연결하여 주려 하오. 아! 물론 우리에게 음식을 만들어줄 시녀가 필요한 것이기 때문이기도 하오."

"……!"

순간적으로 백작은 아무런 대꾸도 하지 않았다.

하인스는 백작의 다섯 번째 부인에게서 얻은 아들이다. 모두 아홉 명의 아들이 있는데 그중 일곱 번째이다.

네로판 영지 하우드 남작의 딸 세실리아는 백작의 큰아들과 결혼했다. 이곳 풍습은 신랑 쪽에서 신부를 데리고 온다.

하여 형제들 중 가장 성품이 좋은 하인스를 보냈다. 그래서 하인스는 네로판 영지에서 꽤 오래 머물렀다.

뿐만 아니라 세실리아가 친정을 갈 때마다 동행했다. 그 기간을 합치면 거의 2년을 네로판 영지에 있었다.

그렇기에 그쪽 사정을 잘 아는 것이다.

아무튼 하인스는 백작의 아들이다. 귀족에게 있어 아들과 딸들은 권력 유지를 위한 좋은 수단이 된다.

보다 높은 권력자에겐 딸을 며느리 또는 첩으로 보내 우호 관계를 맺는다.

낮은 자에겐 딸을 주어 사위를 삼기도 한다.

반대로 아들들은 다른 귀족 또는 돈 많은 장사치의 딸을 반려 또는 첩으로 맞아들인다. 그렇게 해야 주변과의 관계를 공고히 하고, 유사시 도움을 받을 수 있기 때문이다.

하인스의 경우는 젊고, 성품이 좋은데다, 아직 미혼이다.

위로 형들이 많기에 차기 백작은 생각지도 못한다.

그렇기에 어려서부터 검법에 매진했다. 수를 써서 작위를 물려받기보다는 기사로서 성공하겠다는 뜻을 품은 것이다.

그렇기에 차기 가주 자리를 놓고 각축을 벌이는 큰형과 둘째형의 시선 밖에 있다.

나머지 형제들은 서로 견제하는 중이다.

아무튼 하인스는 소드 익스퍼트 초급의 실력이다.

21살의 나이에 이만한 화후에 오르는 것이 쉽지 않기에 하인스는 촉망받는 기사인 셈이다.

따라서 상당한 효과를 발휘할 정략혼의 대상이다. 백작은 이웃 영지 상단주의 딸과 엮어주려 생각했다.

상당한 지참금이 들어올 것이니 영지 재정이 풍부해질 것이란 기대를 하고 있는 중이다.

그런데 한낱 시녀와 엮어주려고 한다고 한다.

실비아의 미색이 빼어난 것은 인정한다. 게다가 조신하고, 음식 솜씨도 괜찮으며, 영리하기도 하다.

시종장 도널드 남작이 데려왔는데 그의 친척이라 백작의 아들들은 건드리지 못한다. 도널드가 부친과 거의 매일 대련을 하며 실력을 키워나가는 사이이기 때문이다.

변경백인 부친에게 잘못 보여 좋을 게 없다.

그렇기에 백작의 자식들은 눈에 보이지 않고, 소문나지 않는 범위에서 일탈을 즐긴다.

어쨌거나 실비아를 일곱 번째 아들의 배우자로 생각해 본 바 없다. 그렇기에 아니라는 말을 하려던 순간 뇌리를 스치는 상념이 있다.

'마스터께서 맺어주시면 그것 또한 인연이잖아. 우리에게 무슨 일이 생겼을 때 하인스와 실비아를 보내면… 그래! 그러자. 포렌상단의 여식은 여덟째와 맺어주면 되지.'

백작은 이제 겨우 열다섯 된 아들을 떠올리고는 고개를 끄덕였다. 포렌상단의 여식은 올해 스물이다.

좋은 혼처를 찾느라 혼기를 놓친 것이다.

그럼에도 여러 귀족가에 눈독을 들이고 있다. 상당히 많은 재물이 있기에 자신감을 잃지 않은 때문이다.

백작의 여덟째 아들은 다섯 살이나 아래이다. 하지만 그게 무슨 상관이란 말인가!

깜깜한 밤에 불을 끄면 스물다섯 살 차이도 눈에 보이지 않는 법이다.

"마스터의 뜻대로 하겠나이다."

"좋소! 백작이 내 뜻에 이토록 흔쾌히 따라주니 작은 선물 하나를 주겠소. 아공간 오픈!"

말 떨어지기 무섭게 시커먼 공간이 허공에서 일렁인다.

아공간을 연 현수는 오래된 소파를 한쪽으로 밀어냈다.

밀짚을 넣고 오크 가죽으로 덮은 것인지라 냄새가 나는 것이다.

공간이 비워지자 지저분한 것들이 눈에 뜨인다.

"워싱! 클린!"

딱 두 마디 말이 떨어졌건만 바닥은 눈에 뜨이게 깨끗해진다.

백작은 다른 곳과 전혀 색이 다른 바닥을 보고 놀라는 표정이다. 집무실 바닥이 이처럼 더러웠는지 몰랐던 때문이다.

　그러거나 말거나 현수는 아공간에 담겨 있던 소파세트를 꺼냈다. 물소가죽으로 만든 앤티크 디자인 소파 세트이다.

　원목에 정교한 조각을 가미한 1인용, 2인용, 그리고 3인용을 차례로 꺼냈다. 당연히 푹신푹신하다.

　다음은 테이블이다.

　이것 역시 틀은 원목을 조각하여 만든 것이며 상판은 대리석이다. 사이드 테이블은 크기만 작을 뿐 같은 디자인이다.

　곧이어 벨벳으로 덧씌운 쿠션들을 꺼냈다.

　스트마르크 백작은 왕궁에서도 볼 수 없던 진귀한 물건이 계속해서 나오자 눈이 휘둥그레진다.

　"마, 마스터! 이건 대체……."

　"손님들에게 편안한 자리를 제공하는 건 주인의 의무이네. 한번 앉아보게."

　"네? 아, 네에."

　백작은 조심스레 소파에 앉아본다. 느껴지는 푹신함이 마음에 들었는지 조금 더 깊숙이 엉덩이를 들이민다.

　그러는 사이에 의자 세 개를 더 꺼냈다. 역시 앤티크 디자인으로 제작한 가죽을 덧씌운 것이다.

　하나는 백작의 의자를 치우고 놓았고, 다른 둘은 백작의 책상 앞에 놓았다.

"가, 감사합니다. 마스터! 이토록 귀한 물건을……."

"좋은 영주가 되라는 뜻으로 준 것이오. 영지민들 또한 사람이니 가렴주구하지 않았으면 하는 것이 내 바람이오."

"가렴주구라니요? 그게 무슨 뜻인지……."

"가혹하게 세금을 징수하고, 영지민들을 다스리되 들들 볶지 말라는 뜻이오. 홍수나 가뭄 때엔 세율을 낮춰주고, 전염병이 돌 때는 신관들을 초청하여 치료해 주는 영지는 그냥 놔둬도 번영하고 풍요롭게 되오."

"…아! 알겠사옵니다. 마스터의 높으신 뜻 마음 깊이 새겨두겠나이다."

스트마르크 백작은 크게 고개를 숙인다. 현수의 말이 어떤 의미인지를 확실히 깨달은 때문이다.

이때 노크 소리가 들린다.

쿵, 쿵—!

"기사 하인스! 영주님의 부름을 받아 당도하였습니다."

"그래, 들라!"

삐이꺽—!

문이 열리고 하인스가 들어선다. 오는 동안 실비아로부터 하인스 백작이 누구인지에 대해 들었기에 들어서자마자 무릎을 꿇고 크게 고개를 조아린다.

"기사 하인스! 높으신 마스터를 알현하옵니다."

"그래, 자리에서 일어나게."

"네! 마스터!"

아까처럼 절도 있는 동작으로 일어났다.

방금 극경의 예를 표했음에도 또 한 번 오른 주먹을 왼 가슴에 대며 정중히 고개 숙인다. 기사로서의 예법이다.

이때 스트마르크 백작의 음성이 있다.

"하인스! 마스터께 네로판 영지를 안내하도록 해라."

"…네! 명대로 하겠습니다."

이번엔 스트마르크 백작에게 고개를 숙인다. 이 순간 뒤에 있던 실비아의 안색이 살짝 변한다.

한동안 기사 하인스를 볼 수 없기 때문이다.

"실비아! 너도 따라서 마스터의 시중을 들도록 하라."

"…네? 아, 네에. 영주님! 분부대로 하겠습니다."

실비아는 두 손으로 치마를 잡고는 살짝 무릎을 굽혀 예를 갖춘다.

"백작! 혹시 네로판의 지도가 이곳에 있소?"

"네, 이쪽으로……."

백작은 집무실 한편의 커튼을 걷어냈다. 거기엔 스트마르크 영지 인근 지도가 소상하게 그려져 있다.

"몬스터 출몰 지역은 어디인가?"

"여기, 스톨레 마을 인근입니다."

백작이 손으로 짚은 곳은 라수스 협곡과 인접해 있는 곳으로 널찍한 평원 한가운데 형성된 곳이다.

[아리아니!]

[네! 주인님!]

[실라디아 좀 불러줘.]

[좌표 때문에 그러시죠?]

[그래! 스톨레 마을의 안전한 좌표를 확인해 달라고 해.]

[잠시만요.]

현수가 말없이 지도에 시선을 두고 있다 느꼈는지 스트마르크 백작과 하인스, 그리고 실비아는 입을 다문 채 있다.

그렇게 불과 몇 분의 시간이 흘렀다.

[좌표 확인해 왔어요. 275FE3164LRF ― RTW45769F66Y ― 7IKQ518SSF6이에요.]

[땡큐~!]

"백작! 이제 출발해야겠소. 하인스, 그리고 실비아 이리 가까이 오도록!"

"네, 마스터!"

둘이 가까이 다가오자 백작에게 시선을 준다.

"카문젠과 노예사냥꾼들이 나보다 먼저 당도하거든 이 여인을 본 적이 있느냐 물어보게."

말을 하며 다프네의 사진을 꺼내서 보여주었다.

당연히 총천연색이다. 고성능 DSLR로 찍고, 사진인화 전문 DS—RXI 고속포트프린터로 인쇄한 것이다.

15.2×20.3㎝짜리 인화지에 인쇄한 이것엔 환히 웃는 다프네의 얼굴이 가득하다. 천하절색이라는 말이 절로 나올 정도로 아름다운 모습이다.

이 사진은 다프네가 촌스럽고 헐렁한 마의를 벗고 노란색 바탕에 꽃무늬가 그려진 원피스로 갈아입은 후의 모습이다.

그때 다프네는 원피스의 디자인과 색상, 그리고 질감이 너무 마음에 든다며 싱글벙글 웃었다.

하여 현수는 빗과 머리끈을 꺼내 머리카락을 가지런히 정돈해줬다. 반짝이는 인조 보석이 붙어 있는 머리띠도 꺼내서 씌웠다.

그리고 그 모습이 너무 아름다워 기념으로 한 장 찍어둔 것이다.

물론 라세안과 다프네 본인은 이런 사진이 있음을 모른다.

그게 사진기였다는 것도 몰랐으며, 지구에서 인쇄한 것이기 때문이다.

현수는 다프네가 보고 싶어 인화한 것이 아니다.

조만간 태을제약에서 출시할 상품은 주신의 숨결이라는 뜻을 가진 포인세의 잎을 가공하여 만들 천연향수이다.

이것의 상품명은 아르센의 공주이다.

처음엔 이리냐를 모델로 쓸 생각이었다. 그런데 이리냐는 쉐리엔을 제조해 내는 대한약품의 모델이다.

태을제약은 대한약품의 경쟁업체라 할 수 있기에 다른 모델을 구상했다.

그러다 카이로시아와 로잘린, 그리고 다프네와 스테이시 아르웬, 마지막으로 케이트 중에 하나를 모델로 써보면 어떨까 생각해 보았다.

지구에도 아름다운 여인들이 많이 있지만 이들 만한 여인은 눈을 씻고 찾아봐도 찾기 힘든 때문이다.

연희는 전문모델도 아니건만 천지건설을 비롯한 계열사의 전속모델 비슷한 상황이다.

일반인임에도 불구하고 톱스타에 준하는 개런티를 받는 걸 보면 이연서 회장의 입김 때문일 것이다.

지현은 서초동에서 수시로 엔터테인먼트사들의 명함을 받는다고 한다. 소위 말하는 길거리 캐스팅 대상이다.

매번 거절하지만 끈질기게 따라붙는 사람이 간혹 있다고 한다. 그러면 유부녀임을 밝힌다.

그리고 남편이 김현수라 하면 그대로 물러난다. 엄청나게 돈이 많은 사람이라는 걸 아니 제시할 것이 없기 때문이다.

어쨌거나 지현은 세상에 노출되는 걸 별로 즐기지 않는다.

그렇기에 모델에서 제외되어 있다. 어쨌거나 다프네의 사진은 이런 이유로 인쇄되었던 것이다.

"……!"

엉겁결에 사진을 받아든 백작은 마치 살아 있는 듯한 그림을 보곤 놀란 표정을 감추지 못한다.

그러거나 말거나 현수의 말이 이어진다.

"누가 이 여인을 납치하였으며, 팔아 넘겼다면 어느 곳으로 보냈는지를 즉시 확인하고 추적토록 하게."

"무, 물론입니다. 마스터!"

백작의 고개는 크게 위아래로 끄덕여진다. 그런 그의 시선은 사진에서 떨어질 줄 모른다. 많은 여인을 보았지만 이처럼 아름다운 여인은 처음이기 때문이다.

"매스 텔레포트!"

샤르르르릉—!

백작이 고개를 끄덕이는 동안 현수와 하인스, 그리고 실비아의 신형은 집무실로부터 사라졌다.

그럼에도 백작은 고개 끄덕이기를 멈추지 않는다.

이실리프 마탑주가 왜 드래곤의 딸이라는 이 여인과 결혼하려는지 이해된 때문이다. 영혼을 팔아서라도 인연을 만들고 싶을 만큼 아름다웠던 것이다.

"흐음! 도착했나? 하인스 여기가 어디지 알겠는가?"

"잠시만요."

현수 일행이 당도한 곳은 스톨레 마을 외곽에 자리한 절벽 윗부분이다.

하인스는 시선을 모아 마을 및 인근 지역을 훑어본다.

"마스터! 이곳은 푼들절벽인 것 같습니다. 저기 보이는 저 곳이 스톨레 마을이고, 저쪽에 있는 건 파르실 마을입니다."

두 마을은 약 1㎞ 정도 떨어진 곳에 위치해 있다.

"흐음! 마을치고는 제법 규모가 크군."

"네, 하우드 남작가에 종신토록 몸담았던 은퇴기사들에게 내려진 장원이라 그렇습니다."

안력을 높여 스톨레 마을 쪽을 바라보니 마을을 둘러싼 석성이 온통 피투성이다.

지금은 잠시 몬스터들이 물러가 있는 상황인가 싶어 숲을 바라보니 뭔가가 꾸물거리고 있다. 야행성이라 밤에 습격하려 물러나 있는 모양이다.

"일단 가자."

"네! 마스터!"

현수는 선 자리에서 좌표를 계산했다.

수학을 전공한 사람이기에 공간좌표를 잡는 건 어렵지 않은 일이다. 비약적으로 좋아진 두뇌 덕분에 x, y, z축 공간좌표에 대한 계산은 금방 끝났다.

"이쪽으로!"

"네! 마스터!"

"하인스! 실비아를 안게!"

"네……?"

하인스는 대체 무슨 뜻이냐는 표정이다. 실비아는 부끄러운 듯 고개를 숙인다.

"마법의 범위 밖으로 나가면 이동 중 신체가 잘려 나갈 수 있다. 그러니 실비아와 바싹 붙어."

"네에? 아, 알았습니다. 실비아 이리 와!"

말을 마친 하인스는 거의 포옹 수준으로 실비아를 안는다.

뭉클한 이성의 몸이 닿자 약간 놀란 듯하지만 이내 표정을 고친다. 실비아는 몹시 부끄러운 듯 두 볼이 붉게 달아 있다.

현수는 피식 웃으며 나직이 중얼거렸다.

"매스 텔레포트!"

샤르르르룽―!

셋의 신형은 사라졌고, 다시 나타난 곳은 스톨레 마을 바로 앞이다.

"헉! 누, 누구시오?"

야트막한 성문 위에서 경계근무를 하던 병사가 소리친다.

이 소리에 여기저기에서 곯아떨어져 있던 병사들이 일제히 깨어난다. 그런데 몹시 지친 표정이다. 지난밤의 격렬했던 전투가 모든 체력을 고갈시킨 결과이다.

"문을 열어라! 이실리프 마탑의 마탑주께서 오셨다."

"엥, 뭐라고? 방금 뭐라 말했습니까?"

하인스의 고함에 병사는 귓구멍을 후빈다. 방금 한 말이 뭔 소리인지 알아듣지 못한 때문이다.

"너희를 구원하려 이실리프 마탑의 마탑주께서 오셨다. 어서 문을 열어라."

"아, 알겠습니다."

스트마르크 백작의 일곱째 아들인 기사 하인스는 현재 기사복장을 제대로 갖추고 있다. 그의 갑옷 가슴 부위엔 영지문장이 그려져 있다.

스트마르크과 네로판 영지가 사돈지간이라는 것은 거의 모두가 알고 있는 사실이다. 홀렌 영지와의 영지전에서 이긴 후 대대적인 축하행사를 했던 때문이다.

이런 연유로 아군이라 판단한 듯 병사는 더 묻지 않고 문을 열라는 지시를 내린다. 하지만 금방 열린 것은 아니다.

몬스터들의 공격이 시작되면 이 성문으로 몰려들기에 문 뒤에 육중한 수레 등을 가져다 놓은 때문이다.

약 15분 후 거친 마찰음이 들리며 문이 열린다.

끼이이이익ㅡ! 쿠우웅!

문이 열리고 드러난 곳엔 패잔병 한 무리가 서 있다. 부상입은 자가 많아서 그러는지 멀쩡히 서 있는 자보다는 머리에 붕대를 감은 자, 팔뚝을 천으로 칭칭 감은 자, 다른 사내에게 기대어 있는 자, 아예 주저앉아 있는 자 등등이다.

바닥에 쓰러진 채 신음만 토하고 있는 자도 여럿이다.

지난밤에 치러진 치열했던 전투의 결과이다.

"......!"

거의 모든 병사와 영지민들이 눈을 크게 뜬 채 말없이 현수 일행을 바라만 보고 있다. 구원군으로 온 게 달랑 세 명뿐이기 때문이다.

하나는 기사 복장이고, 다른 하나는 귀족인 듯 예복을 걸쳤다. 나머지 하나는 누가 봐도 시녀이다.

몰려드는 몬스터들 때문에 이미 많은 사람이 죽었다. 오늘밤 어쩌면 전멸할 수도 있다 생각하는 중이다.

그럼에도 다른 곳으로 도주하지 않은 이유는 갈 데가 없기 때문이다.

레드문이 뜬 것도 아니건만 수많은 몬스터가 여기저기 흩어져 있으니 도주할 마음조차 품지 못한 것이다.

따라서 이 위기를 넘기려면 적어도 5,000명쯤은 있어야 한다. 그런데 겨우 세 명이 왔으니 멍한 표정인 것이다.

이러는 사이에 병사들 틈을 비집고 전면으로 나서는 이가 있다. 아무리 적게 잡아도 60대 초반은 된 듯한 얼굴이다.

"지, 진정 마탑주께서 오신 겁니까?"

아머를 걸치고 있는 노기사의 한 손에 투구가, 다른 한 손엔 투핸드 소드가 들려 있다. 날이 기니 몬스터들을 상대하기 가장 적합한 병기라 할 수 있다.

그런데 두 팔과 어깨에 심한 상처를 입은 듯 걸을 때마다 핏물이 뚝뚝 떨어지고 있다.

말없이 바라보던 현수는 노기사가 가까이 다가서자 입술을 달싹였다.

"컴플리트 힐!"

샤르르르릉—!

서늘한 마나가 스며들자 다가서던 노기사가 부르르 떤다. 급속한 상처 치유가 이루어짐이 느껴진 듯하다.

"은퇴기사 로하르만! 위저드 로드께 인사드립니다. 저희를 구원하러 와주셔서 일생의 영광이옵니다."

쿠웅—!

꽤 큰 체격이건만 무릎이 망가져도 좋은 듯 단번에 무릎을 꿇는다.

길고 긴 룬어 영창 없이 컴플리트 힐이란 고서클 마법을 쓸 수 있는 인물이 있다는 소리는 들어본 적이 없다.

그렇기에 눈앞이 젊은이가 이실리프 마탑의 마탑주라는 걸 단숨에 인정한 것이다.

장원의 주인인 노기사가 무릎을 꿇자 패잔병 같던 병사들 역시 일제히 무릎 꿇는다.

"위대하신 분을 뵈옵니다."

"일생의 광영이옵니다."

"아아! 위대하신 분이시여……."

모두가 뭐라 뭐라 중얼거리지만 현수는 개의치 않고 걸음을 옮겼다. 그리곤 한 무리의 부상병 앞에 다가가 나직이 읊조렸다.

"매스 컴플리트 힐!"

샤르르르르릉—!

또 한 번 마나가 뿜어진다. 이때 아리아니의 음성이 들려온다.

[주인님! 왜 또 힘 빼세요. 엘리디아를 부를까요? 걔가 오면 좀 편하시잖아요.]

[…불러! 부상자가 너무 많으니.]

[네, 잠시만 기다리세요.]

아리아니의 음성이 끊기자 현수는 또다시 걸음을 옮겼다. 피 흘리는 부상병들이 몰려 있는 곳이다.

"매스 컴플리트 힐!"

샤르르르릉—!

"아아! 상처가 낫고 있어. 낫고 있다고."

"난 피가 멈췄어. 어어! 이것 좀 봐. 상처가 점점 아물어."

"내 다리 좀 봐! 으아! 내 다리! 다 나았어, 나았다고."

"나도, 나도! 이것 봐. 반쯤 잘려졌던 팔이 다 나았어."

부상병들의 입에서 연신 감탄사가 터져 나온다.

[주인님! 엘리디아 왔어요. 치료시켜요?]

[그래! 이 장원 안의 모든 병자를 치료시켜.]

[호호! 네에. 엘리디아! ⟨고대 정령어⟩

⟨고대 정령어⟩]

아리아니가 엘리디아에게 한 말은 고대 정령어로 '이곳의 모든 사람을 말끔하게 하여라' 라는 뜻이다.

엘리디아는 아리아니의 말이 떨어지기 무섭게 반투명한 긴 동체를 배배 꼬는가 싶더니 섬전의 속도로 장원 전체를 누비기 시작했다.

그러는 사이 현수에게서 많은 정령력과 마나가 빠져나간다. 물론 사람들의 눈에는 엘리디아가 보이지 않는다.

따라서 사람들은 이적(異蹟)이 일어나는 것으로 여기고 모두가 무릎을 꿇은 채 경건한 모습으로 고개를 조아린다.

신을 영접하는 듯한 모습이다.

"로하르만이라 했나?"

"네, 로드!"

"자리에서 일어나라."

"…네, 로드!"

지엄한 위저드 로드의 명이다. 그렇기에 자리에서 일어서면서도 불경을 범치 않으려 조심스런 표정이다.

"내습한 몬스터들에 대한 이야기를 듣고 싶군."

"네, 로드! 그런데 이곳은 로드를 모시기에 합당치 못하오니 일단 자리를 옮기시지요."

"그러지. 안내하게."

노기사 로하르만의 안내를 받아 옮겨간 자리는 장원을 둘러싸고 있는 돌담 밖 풍경을 한눈에 볼 수 있는 곳이다.

돌담에 불과하지만 이곳 사람들은 이걸 성벽이라 부른다.

하여 살펴보니 규모가 작기는 하지만 제법 견고하게 축조되었으니 그리 불릴 만도 하다.

"저기, 저 숲에 몬스터들이 있습니다. 해가 떨어지면 그때부터 사방에서 우리를 에워싸고 달려들지요."

사방을 훑어보니 숫자가 상당히 많은 듯싶다.

"이 장원의 총인원은 얼마였으며 그간 얼마나 희생되었는가? 부상자는 얼마였고."

"네, 저를 포함하여 총인원 2,875명이었는데 며칠간 지속된 습격에 이 중 2,327명이 목숨을 잃었습니다."

공격한 몬스터의 숫자는 대략 3,000여 마리이다. 단단한 돌담이 없었다면 진즉에 몰살당했을 것이다.

"남은 인원 중 아이와 노인의 수는?"

"10세 이하 122명이고, 70세 이상은 61명입니다. 나머지 365명 중 287명이 부상자였었습니다."

부상자 중엔 중상자가 많았다.

따라서 현수가 오지 않았다면 멀쩡한 78명과 경상자 20여 명의 힘만으로 몬스터들을 상대했어야 한다.

오늘 전멸할 상황이었던 것이다. 장원 밖 풍경을 보니 멀리 숲 속에서 꿈틀거리는 것들이 보인다. 오크 한 무리가 곧 다가올 밤을 맞이하려 들썩이고 있는 듯하다.

"일단 음식부터 먹이고 쉬도록 하게. 나머진 내가 알아서 하지."

"네, 부탁드립니다."

계속된 전투 때문에 너무도 지쳤지만 장원의 주인이기에 제대로 쉬지 못해 피곤이 중첩되어 있는 상황이다.

현수와 대화를 하는 동안에도 아득해지는 느낌이 여러 번 있었다. 너무도 피곤하여 기절하기 일보 직전인 것이다.

그런데 쉬라니 꿀처럼 느껴지는 듯하다.

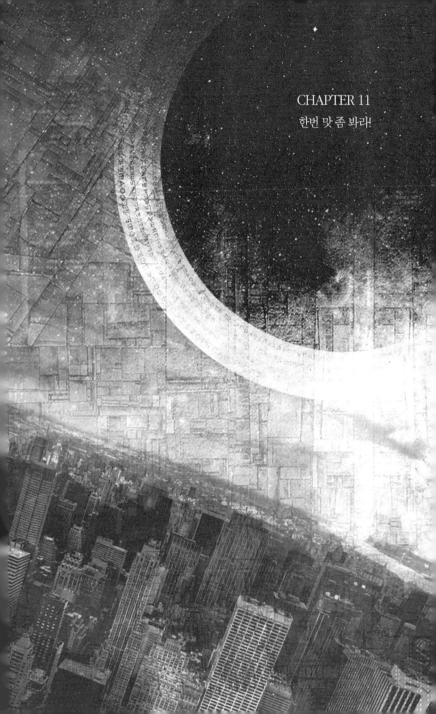

CHAPTER 11
한번 맛좀 봐라!

전능의팔찌
THE OMNIPOTENT
BRACELET

"참, 식량은 충분한가?"

"네! 비축된 것이 있어 당분간을 버틸 만하옵니다."

"알았네, 그런데 조금 피곤해 보이는군, 바디 리프레쉬!"

샤르르르르릉—!

마나가 스며들자 로하르만의 눈빛과 표정이 바뀐다. 피곤함이 무엇인지 모르는 듯 생생해진 것이다.

"가, 감사합니다."

"가서 일 보게."

"네, 로드!"

로하르만이 기사로서의 예를 갖추곤 얼른 물러선다.

피곤함이 가셨으니 이제부터 장원의 주인으로 해야 할 일들을 하려는 것이다.

먼저 부상자들이 제대로 보살핌을 받는지 확인하고, 음식을 나눠주도록 할 것이다. 다음은 노약자와 어린이들이 안전하게 대피하고 있는지 확인할 생각이다.

마무리는 멀쩡한 인원들을 적재적소에 배치하여 다가올 야간 전투를 대비하는 것이다. 하여 총총걸음으로 물러났다.

"하인스!"

"네, 로드!"

기사 하인스가 절도 있는 동작으로 고개를 숙인다.

"실비아와 산책이라도 하고 오지 그래."

"네?"

이 와중에 대체 무슨 소리냐는 표정이다.

"실비아가 자네를 마음에 두고 있는 듯 하더군. 내가 보기에 참한 아가씨 같은데 데이트나 하고 오라고."

"……! 실비아가요?"

잠시 멍한 표정을 지었던 하인스가 놀랍다는 표정을 짓는다. 상상도 못한 일이기 때문이다.

도널드가 자신의 친척이라며 실비아를 성내로 들였을 때 모든 사내가 그녀를 넘봤다.

시녀라 하기엔 너무 예쁘고, 우아하다 느꼈기 때문이다. 하지만 도널드가 있기에 언감생심이었다.

시종이지만 도널드는 아버지와 매일 검을 맞대는 오랜 친구 같은 존재이다. 그렇기에 차기 영주가 될 백작의 큰 아들조차 함부로 대하지 못하기 때문이다.

하인스 역시 실비아에게 호감을 가졌다. 하지만 이런 이유로 마음을 접었다. 본인이 정략혼의 대상이 될 예정이라는 걸 잘 알기 때문이다.

그런데 평소 마음에 두고 있던 실비아가 자신을 좋아한다니 멍한 표정을 지은 것이다.

"후후후! 서로 마음에 들어 하니 다행이군. 어서 가서 데이트하게."

"이 와중에 데이트라니요. 로드!"

하인스는 그럴 수 없다는 표정이다.

"둘이 함께 장원 내부를 살펴보고 오라는 뜻이었네."

"아……! 죄송합니다. 즉시 시행토록 하겠습니다."

"그래! 가다 길을 잃을 수도 있으니 손 꼭 잡고 다니게."

"네? 아, 네에, 알겠습니다."

하인스는 절도 있게 예를 갖추곤 계단 아래로 내려갔다.

그런 그의 눈에 실비아가 보인다. 부상병의 팔에 감겨 있던 넝마 같은 천을 벗겨내는 중이다.

전장에 홀로 핀 꽃송이 같은 모습이다.

"······!"

하인스는 실비아를 부르려다 잠시 멈춘 채 가만히 살펴만 본다. 그런 그의 입가엔 기분 좋은 미소가 어려 있다.

이런 줄 모르는 실비아는 부상병들을 돌본다. 상냥한 미소와 함께.

"실비아!"

"···네, 기사님!"

"같이 가자, 로드께서 임무를 부여하셨어."

"네? 뭐라고요? 으읏!"

가까이 다가간 하인스는 다짜고짜 실비아의 손목을 잡아당겼다. 그리곤 앞장서서 그녀를 이끈다. 그렇게 몇 발짝 걸어 사람들이 멀어졌을 때 하인스가 입을 열었다.

"실비아! 나, 너 좋아했어. 몰랐지?"

"네에?"

이곳은 삶과 죽음이 공존했던 전장이다.

엘리디아 덕분에 부상병들이 말끔해지긴 했지만 사방에 뿌려진 것이 선혈이다.

아직 말라붙지 못한 부분도 있다. 하여 갑작스런 말에 실비아는 대꾸하지 못하고 눈만 크게 떴다.

그러거나 말거나 하인스의 말이 이어진다.

"실비아! 내 아내가 되어줄래?"

진짜 박력이 있어서 이러는 건지, 아님 상황 판단이 미숙하여 장소를 가릴 줄 몰라서 그러는 건지 알 수는 없다. 어쨌든 이건 분명한 프러포즈이다.

"……!"

실비아가 느끼기엔 너무도 박력 있는 말이었기에 잠시 멈칫거린다. 전혀 예상치 못했던 일이 벌어진 때문이다.

하지만 이내 얼굴을 붉히며 고개를 숙인다. 마음을 들킨 것 같아 부끄러운 때문이다.

그러면서 자그마한 음성으로 대꾸했다.

"좋아요. 하인스님! 그럴게요."

"하하! 하하하!"

하인스는 환한 웃음을 지으며 실비아의 손을 잡았다. 그리곤 와락 잡아 당겨 잠시 품에 안는다.

"휘이익―! 휘이익!"

누군가 휘파람을 분다. 그러거나 말거나 잠시 실비아를 품에 가둬둔 하인스의 입가엔 웃음이 배어 있다.

물론 기분이 좋아서이다.

잠시 후, 둘은 장원 곳곳을 돌아다니며 밀어를 나눴다. 본연의 임무는 잊지 않았기에 곳곳으로 시선을 보냈다.

엘리디아가 한바탕 휩쓸고 지나간 이 장원엔 부상자가 없다. 전투와 무관한 병을 앓고 있던 이들까지 모두 생생해진 때문이다. 이는 치료에 특화되어 있는 물의 최상급 정령 엘리디아의 능력 덕분이다.

물론 현수로부터 연유된 무궁무진한 마나와 정령력이 공급되지 않았다면 불가능한 일이다.

곳곳에서 스튜같이 국물이 있는 음식이 만들어지고 있다. 아직 추운 겨울이기 때문이다.

추위에 떨고 있는 사람이 몇몇 있는 것 이외엔 표정들이 밝다. 느닷없는 이실리프 마탑주의 등장 덕분에 부상으로부터 해방되었고, 두려움과 공토로부터 벗어난 때문이다.

들려오는 소리를 종합해 보면 오늘 이 장원 사람들 전부 성벽이라 부르는 돌담 위에 올라설 모양이다.

눈앞에서 펼쳐지는 마법의 향연을 두 눈에 꼭 담겠다는 것이다. 그것은 구전이 되어 후손에게, 그리고 또 그의 후손에게 전해질 전설이 될 것이라 했다.

자신들이 전설을 목격하는 너무도 영광스런 자리이니 절대로 빠지지 않겠다는 말이다.

이 밖에도 현수를 찬양하고 칭송하는 말이 많았다. 나타나자마자 병자들을 치료해준 게 가장 컸다.

다음은 자신들에게 음식이 공급되도록 했다는 이야기도 들은 모양이다.

둘이 사방을 헤집고 다니며 살피는 동안 현수는 장원 주위를 한 바퀴 돌아보았다.

장원 밖 농지들은 몬스터들이 짓밟아 엉망인 상태이다. 그런데 흙색깔이 별로이다.

이때 어깨 위에 있던 아리아니가 쫑알거린다.

"주인님! 여긴 한 해도 쉬지 않고 계속 같은 작물을 재배하여 지력이 너무 약해져 있어요."

"그치? 연작[4]뿐만 아니라 그루갈이[5]도 병행된 것 같은데."

"네! 올해는 뭘 심어도 안 될 땅인 거 같네요."

"흐음……!"

현수는 잠시 턱을 괸 채 상념에 빠졌다. 하지만 그 시간은 그리 길지 않았다.

'몬스터들의 사체가 썩으면 비료가 될까?'

오늘 이곳에선 대학살이 벌어질 예정이다.

아마도 많은 몬스터가 죽을 것이다. 10서클 대마법사가 그렇게 마음먹고 있기 때문이다.

몬스터의 사체가 양분이 되려면 적당히 썩어야 한다. 그건 타임 패스트 마법을 쓰면 될 것이다.

그렇게 썩힌 사체들은 노에디아에게 처리하도록 위임한다.

---

4) 연작[Continuous Cropping] : 한 땅에 같은 작물을 해마다 계속해서 재배하는 것.
5) 그루갈이 : 한 경지에서 농작물을 수확한 후 다른 농작물을 계속하여 경작하는 농경 형태. 가을에 벼를 수확한 후 늦가을 또는 초겨울에 밀, 보리류 및 채소 종류를 재배하여 이듬해 늦봄 또는 초여름에 수확하는 것도 그루갈이에 해당됨.

다음에 가이아 여신의 축복을 내려주면 괜찮을 듯싶다.

"아리아니! 내가 깜박 잊을 것 같아 미리 말하는데 이따가 몬스터들이 접근하면 도망가지 못하도록 정령을 불러. 누굴 부르면 좋을까?"

"그냥 도망만 못 가게 하려면 노에디아를 부르죠. 뒤쪽에 흙벽이 솟아나게 하면 그만이니까요."

"그래? 그럼 알아서 해."

"네, 주인님!"

오늘 밤의 전투를 어찌할 것인지 가늠한 현수는 성벽 위에 올라 잠시 휴식하는 시간을 가졌다. 이때 늙수그레한 마법사 하나가 힘겹게 계단을 딛고 올라온다.

"소인 실리이만, 죽기 전에 위대하신 로드를 알현하게 되어 무상의 영광이옵니다."

너무도 늙어 행동이 굼뜬 늙은 마법사는 힘겹게 무릎을 꿇으며 고개를 조아린다.

호호백발 노인네이다. 얼굴엔 검버섯이 잔뜩 피어 있고, 미라처럼 바싹 말라 있어 보기에 안쓰럽다.

서클수를 확인해 보니 3개의 링이 천천히 돌고 있다. 너무 노쇠하여 얼마 후면 죽을 목숨이다.

"나이도 많은 데 왜 나오셨는가?"

로드인지라 말을 놓아야 하지만 아흔 살이 넘은 듯한 노인에게 어찌 그럴 수 있겠는가!

"소인의 작은 힘이라도 보태려 나와 있었사옵니다."

실리이만은 장원주인 로하르만의 숙부이다. 은퇴한 조카를 돕기 위해 머물던 중이다. 그런데 느닷없는 몬스터의 공격이 시작되자 연구소를 나와 할 수 있는 최선을 다했다.

실리이만은 말을 하면서도 부들부들 떤다. 평생을 연구실에서만 지냈기에 체력이 엉망인 때문이고, 과도한 마나 사용으로 인한 고갈현상이 빚어지는 중이기 때문이기도 하다.

놔두면 서클이 하나하나 붕괴되는 현상이 빚어지기 일보직전인 것이다. 그렇게 링을 모두 잃게 되면 곧바로 죽음에 이르게 될 것이다.

마나뿐만 아니라 생기까지 빠져나가기 때문이다.

"아공간 오픈!"

현수는 아공간에 담겨 있던 마나포션 하나를 꺼냈다.

이실리프 마법서에 기록된 제조법으로 만든 것으로 지구의 정밀계측 기구를 이용한 것이다.

아르센 대륙엔 없는 초고농도이며 순수한 마나로 제조된 이것은 마법사에겐 엘릭서나 다름없는 것이다.

"이것부터 마시게."

"로, 로드!"

플라스크에 담긴 포션으로부터 느껴지는 순수한 마나의

향기에 실리이만은 그것이 무엇인지를 단숨에 깨달은 모양이다. 하여 어찌 감히 이걸 마시느냐는 표정이다.

"묻지 말고 일단 마시게."

"네, 로드!"

사람인 이상 누구나 오래 살고픈 욕망이 있다.

실리이만이라 하여 다를 바 없다. 죽을 날이 얼마 남지 않았다는 걸 누구보다도 잘 안다.

그렇다 하여 맥없이 있다 죽고 싶진 않다. 그렇기에 허겁지겁 뚜껑을 열고는 마나 포션을 들이켠다.

이것 하나의 용량은 대략 300cc 정도 된다.

그렇기에 목울대가 아래위로 여러 번이나 움직이고야 플라스크가 비었다.

실리이만은 위장에서 시작된 순수 마나가 전신으로 뻗어 감을 느끼고 눈을 감았다.

온몸의 세포가 한꺼번에 깨어나는 듯한 시원함은 뭐라 말로 형언할 수 없는 황홀함을 안겨 주었다.

그래서 그런지 실리이만의 얼굴엔 희열의 빛이 어린다. 이 순간 현수의 입술이 달싹였다.

"리커버리!"

샤르르르르릉—!

체외로부터 스며든 마나는 체내에서 흡수된 마나 포션과

어우러져 실리이만의 노화된 세포와 기관, 그리고 장기들을 하나하나 다독이며 생기를 불어넣었다.

이게 생기면 죽을 날이 가까워졌다하여 저승꽃이라고도 부르던 검버섯이 스르르 사라진다.

심하게 쪼글쪼글하던 얼굴의 주름도 조금씩 사라진다. 뼈 위에 얇은 가죽만 씌워놓은 듯했던 얼굴의 빛도 달라졌다.

순수마나의 효능으로 혈액 속 각종 노폐물이 빠르게 분해 및 배출되면서 혈관의 색상 자체가 달라진 때문이다.

이 과정에서 코를 자극하는 악취가 풍겼다. 비린내와 더불어 구린내, 그리고 고린내가 섞인 냄새라 구토할 뻔했다.

그럼에도 현수는 자리를 뜨지 않고 실리이만의 변모를 자세히 살폈다. 마나 포션과 리커버리의 결합이 어떤 결과를 만들어내는지를 기억해야 했기 때문이다.

이곳 아르센에선 다섯 여인을 아내로 맞이할 예정이다.

카이로시아, 로잘린, 스테이시, 다프네, 그리고 케이트이다.

라세안이야 드래곤이니 앞으로도 오래 살겠지만 카이로시아의 아버지와 두 오빠, 그리고 로니안 공작부부, 아르가니 에이런 판 포인테스 공작은 그렇지 않다.

10서클 대마법사가 되었지만 리절렉션 마법은 실마리조차 잡지 못한 상태이다. 그런데 이들을 죽음의 문턱으로부터 잠시 유보시킬 답을 찾은 것 같다.

물론 조건이 있다. 마나에 민감한 체질로 바뀌어야 한다.

아르가니 공작은 7서클에 진입하면서 바디 체인지를 겪었으니 걱정하지 않아도 된다.

검사인 로니안 공작은 이미 마나에 대한 감응이 좋다. 이들을 뺀 나머지에게 마나심법을 가르쳐 보면 어떨까 싶다.

지구의 부모님과 장인, 장모들에게도 마찬가지이다.

마나에 대한 감응이 좋아지면 마나 포션의 효과가 보다 확실해지기 때문이다.

"로, 로드! 어찌 이 미천한 놈에게⋯⋯! 너무도 크신 은혜에⋯⋯. 감사, 또 감사드리옵니다. 로드!"

현수에게 다가왔을 땐 후들거리는 다리 때문에 제대로 서 있는 것조차 힘든 지경이었다. 곧바로 쓰러져 죽음에 이른다 하더라도 아무도 놀라지 않을 정도로 노쇠한 상태였다.

나이가 많아서이기도 하지만 지난 밤 과도한 마법 난사로 인한 결과였다.

그런데 확연히 달라졌다. 누가 봐도 아흔이 넘어 보이던 얼굴이 일흔 정도로 바뀌어 있다. 수전증에 걸린 듯 덜덜 떨던 손도 거의 멀쩡해져 있다.

무엇보다도 흐리멍덩하던 눈빛에 힘이 실려 있다. 현수의 생각대로 저승의 문턱에서 벗어난 것이다.

실리이만은 체내에서 꿈틀거리던 순수 마나의 느낌을 잊

지 않았다.

아울러 흐릿해지던 마나 링이 힘차게 돌고 있음을 느끼고 있다. 그렇기에 크나 큰 은혜를 입었음에 감사하는 것이다.

"마법은 룬어의 수식과 마나의 배열을 머리로 외워서 익히는 것이 아니네. 막히면 돌아가게. 그래도 목적지엔 이를 수 있지 않겠나?"

"아……!"

실리이만은 현수의 말에 깨달음을 얻은 듯 나지막한 탄성과 함께 눈을 감았다. 그 순간 주변의 마나가 회오리치듯 그의 몸으로 스며든다.

나이 30에 3서클이 되었을 때 실리이만은 다른 마법사들의 질투 어린 눈길을 받았다. 너무 빠른 성장이라 평가된 때문이다. 하지만 지금껏 그 상태 그대로 정체되었다.

무려 60년 이상 3서클에 머물렀던 것이다. 덕분에 3서클 이하 마법은 더 이상 능숙할 수 없을 지경이었다.

하여 4서클이 되기를 간절히 바랐음에도 성과가 없었다. 그런데 현수를 만나자마자 곧바로 깨달음을 얻은 것이다.

현수는 같은 마법사로서 보호하지 않을 수 없었다. 하여 실리이만 주변에 배리어를 쳐주었다. 외부의 물리력으로부터 보호하기 위함이다.

그렇게 잠시 시간이 흘렀을 때 은퇴기사 로하르만이 계단을 딛고 올랐다.

"로드! 여기에 계셨습……? 어라? 숙부가 어찌……?"

"잠시 기다리게. 실리이만은 지금 4서클에 오르는 중이니까."

"아……! 감사합니다. 감사합니다."

로하르만은 누구 덕에 숙부의 염원이 이루어지고 있는지를 깨닫고는 깊숙이 허리를 숙인다.

"로드의 은혜에 감사드리옵니다."

로하르만은 한 무릎을 꿇고, 왼 주먹을 오른 가슴에 올리며 진심 어린 감사의 뜻을 표했다.

"장원은 좀 안정되었는가?"

"네! 모두 로드 덕분이옵니다."

"이제 곧 몬스터들이 몰려올 것이네. 더 이상 다치는 사람이 없도록 각별히 주의하게."

"네, 로드!"

이 말을 끝으로 잠시 대화가 끊겼다. 실리이만의 몸이 움찔움찔거린 때문이다.

"왜 이러는 겁니까?"

"4서클이 되면서 반쯤 바디 체인지를 겪는 과정이네."

"네? 바디 체인지는 7서클 대마법사가 되거나 소드 마스터가 될 때 겪는 것 아닙니까?"

"실리이만이 너무 늙어 내가 안배를 베풀었는데 그게 이런 효과를 빚어내는 모양이네."

"아……!"

로하르만은 조금씩 젊어지는 듯한 숙부의 모습을 보며 연신 감탄사를 터뜨렸다.

마법의 위대함이 새삼스러웠던 것이다.

이때 장원 꼭대기에서 요란한 타종음이 터져 나온다.

땡, 땡, 땡, 땡, 땡, 땡, 땡, 땡一!

시간이 흘러 사위는 어스름한 상태이다. 이제 곧 해가 떨어지고 나면 암흑으로 물들게 될 것이다.

"몬스터들이 오는군요."

"올해 농사가 잘되도록 해주지."

"네?"

몬스터와 농사가 무슨 관계인지 모르기에 로하르만은 짧은 반문을 했지만 현수는 대꾸하지 않았다.

"플라이!"

"……!"

현수의 신형이 둥실 떠오르자 로하르만은 움찔거리며 물러선다. 4서클 이상의 마법사를 본 적이 없기에 사람이 하늘로 솟는 것에 깜짝 놀란 때문이다.

그러거나 말거나 현수는 신형을 이동시켜 장원 앞에 이르도록 했다. 그러자 멀리서 다가오던 몬스터들의 속력이 빨라진다. 눈앞의 먹이를 먼저 잡아먹겠다는 뜻이다.

"많군! 오늘 안 왔으면 모두 죽었겠어."

본인을 향해 몰려드는 몬스터들을 대강 헤아려 보았다.

오크만 2,000마리 정도 되는 듯하다. 놀도 1,000마리는 넘는 듯하다. 소수이지만 트롤과 오거도 있다.

이들의 머리 위로 약 300마리의 하피가 날고 있다.

이 정도면 장원이 멀쩡한 상태라 할지라도 도저히 감당할 수 없었을 것이다.

"무리가 더 늘어난 건가? 그나저나 하피가 있다는 소리는 못 들었는데……."

현수는 예리한 시선으로 다른 몬스터들을 찾았다. 아직 숲을 떠나지 않은 녀석들이 있음을 알기 때문이다.

확인해 보니 한 무리의 웨어울프이다. 조직력을 갖춘 사냥꾼들이 왜 아직 숲에 머물고 있는지 알 수는 없다.

확실한 건 이들의 수효가 최소 500은 넘는다는 것이다.

"아리아니! 노에디아 불러서 이 녀석들 뒤에 장벽 세워."

"네, 주인님! 근데 숲 속에 있는 놈들까지요?"

"아니, 그건 놔두고 이놈들부터 처리하자."

"네! 주인님! 노에디아 나와."

어깨 위의 아리아니는 기다렸다는 듯 허공으로 날아오른

다. 잠시 후 달려드는 몬스터들 뒤쪽의 땅이 꿈틀거리는가 싶더니 불룩 솟아오른다. 길이 300m, 높이 3m짜리 장벽이다.

"그럼 이제 시작해 볼까?"

현수는 달려드는 놈들을 바라보며 마법을 구상했다.

잠시 후 몬스터의 몸에서 풍기는 악취가 코를 찌른다. 그러거나 말거나 그들을 노려보며 나직이 중얼거렸다.

"매스 윈드 쏘우! 매스 아이스 스피어!"

말 떨어지기 무섭게 36개의 원형톱이 형성된다.

무섭게 회전하는 이것은 마나로 이루어진 것인지라 현수의 눈에만 보인다.

위이이잉! 위잉! 위이잉! 위이이이잉!

원형톱들이 출격을 기다린다는 듯 공간을 가르는 소리를 내며 꿈틀거린다. 이것들의 곁에는 마나의 힘에 의해 대기 중 수분이 얼어붙어 만들어진 얼음 창들이 허공에 떠있다.

"발사! 발사!"

웨에에에엥! 쐐에에에엑! 슈아아앙!

원형톱은 제각기 다른 높이로 쏘아져 가며 모든 것을 베어냈다. 이것들은 주로 오크가 있는 쪽으로 행했다.

아이스 스피어의 경우는 트롤과 오거 쪽이다.

강력한 냉기를 품은 이것에 꿰뚫리면 순식간에 얼어 죽는 효과를 발휘할 것이다.

"매스 매직 애로우!"

말 떨어지기 무섭게 굵기가 거의 창에 가까운 화살들이 형성된다.

"발사!"

쐐에에에엑! 슈아아아앙! 쉬이이익!

미사일처럼 끝까지 추적하는 성질을 가진 화살들이 향한 곳은 입맛 다시며 달려들던 하피들이 있는 허공이다.

꺄아악! 케에에엑! 크헤에에엑—!

가장 먼저 오크들이 쓰러지기 시작한다.

무릎이 베어지는 순간 허리를 파고드는 원형톱을 잡으려던 놈의 목이 떨어진다. 또 다른 원형톱이 제 세상을 만난 듯 산지사방을 누비며 모든 것을 베어내는 중이었던 것이다.

크와아악—! 커커컥—! 꿰에에엑!

박힌 얼음 창을 뽑아내려던 자세 그대로 얼어 죽는 트롤과 오거들이 내는 소리이다.

다음 순간 하늘로부터 시커먼 그림자들이 우수수 떨어진다. 매직 애로우가 빚어낸 현상이다.

크웨엑! 꺄아악! 케에엑! 꺄아악!

섬전의 속도로 쇄도하는 화살들을 떨궈내던 하피들은 등 뒤로부터 쏟아져오는 것까지 막을 능력이 없다. 하여 비명과 함께 추락하는 중인 것이다.

스톨레 마을을 이루고 있는 장원의 돌담 위에서 이 광경을 지켜보던 사람들은 입을 딱 벌렸다. 이들의 눈에는 경악의 빛이 어리고 있다.

온 힘을 다해 막으려 해도 감당하기 힘들었던 몬스터 무리들이 그야말로 짚단 쓰러지듯 그렇게 허물어지고 있다.

2,000마리에 가까운 오크는 거의 모두 잘게 썰린 고깃덩어리가 되어버렸다.

육중한 체구로 정문 및 돌담에 충격을 주던 트롤과 오거들은 순식간에 뻣뻣한 사체가 되어버렸다.

그동안 한 번도 출현하지 않았던 하피를 보는 순간 사람들모두 공포를 느꼈다.

상체는 여인, 하체는 조류의 모습을 하고 있는 이것은 날카로운 이빨로 산 채로 잡아먹는 것을 즐기는 몬스터이다.

위이이잉! 쒜에에엑! 슈아아아악—! 쎄에에엥!

모든 몬스터가 쓰러진 뒤에도 원형톱은 또 다른 먹이를 찾아 사방의 공간을 가르고 있다.

현수는 더 이상의 몬스터가 없음을 확인하곤 나직이 중얼거렸다.

"매직 캔슬!"

더 이상의 파공음이 들려오지 않자 돌담으로부터 환호성이 터져 나온다.

"와아아아! 와아아아! 와아아아!"

"이실리프 마탑주 만세! 만세! 만세!"

"하인스 대마법사님 만세! 만세! 만세!"

환호성은 한참이나 이어졌다. 그러거나 말거나 현수는 할 일이 있다.

"디그, 디그, 디그, 디그! 빅 핸드!"

땅 파기 마법으로 구덩이들을 만들어놓고는 커다란 손으로 오크들의 사체들을 쓸어넣었다.

"배리어! 타임 패스트!"

오크들의 사체가 빠른 속도로 부패하기 시작한다. 그 상태로 나두고 트롤의 사체들을 아공간에 담았다.

오거의 사체는 빅핸드 마법으로 한쪽에 모아두었다.

"아리아니! 노에디아 불러서 저것들이 양분이 되도록 해."

"네! 주인님."

말 떨어지기 무섭게 부패한 오크들의 사체가 흙 속으로 빨려든다.

잠시 후, 너른 평원엔 오거들의 사체만 수북할 뿐 아무것도 없다. 마치 아무것도 없었던 듯한 모습이다.

노에디아가 작업하는 동안 뒤쪽을 막고 있던 흙 장벽이 사라졌다. 잠시 후, 웨어울프 무리들 또한 사라졌다.

현수가 쏘아낸 위압적인 존재감을 느끼곤 화들짝 놀라 도주한 것이다.

"로하르만! 오거 사체는 내 선물이네. 유용하게 쓰게."

오거의 가죽과 힘줄, 그리고 뼈와 이빨 등은 비싼 값에 거래된다. 구하기 어려운 것이기 때문이다.

이것을 처분하여 이번 몬스터 침공 때 목숨을 잃은 자들의 가족을 보살피라는 뜻에서 준 것이다.

"아! 감사합니다. 정말 감사합니다."

"실리이만은 어디에 있나?"

"숙부님은 연구실로 직행하셨습니다."

"그래? 학구열이 좋군. 좋아!"

현수가 고개를 끄덕이는 동안 하인스와 실비아가 다가왔다. 잠시의 시간이었지만 부쩍 친숙해진 듯싶다.

"산책하면서 즐거웠나?"

"네, 로드! 배려해 주셔서 감사합니다."

"그래! 이제 되돌아갈 것이다. 가까이 오도록!"

말 떨어지기 무섭게 둘은 바싹 다가선다.

"매스 텔레포트!"

샤르르르르룽―!

셋의 신형이 사라졌다.

이 순간 로하르만을 비롯한 영지민 전체가 무릎을 꿇었다. 이제야 비로소 전설을 만났음을 지각한 것이다.

부상자들은 치료를 받았고, 실리이만은 바디 체인지와 더불어 각성하는 은혜를 입었다.

여름이 가기 전 스톨레 마을엔 비석 하나가 세워진다. 그것엔 오늘 있었던 일들이 소상히 기록된다.

이 마을에 전설이 생긴 것이다.

CHAPTER 12
팔려간 다프네

"다녀오셨습니까?"

허공에서 돋아난 현수와 하인스, 그리고 실비아를 본 스트 마르크 백작은 곧바로 허리를 숙인다.

"시간이 없어 우선은 스톨레 마을만 둘러보았네. 노예사냥 꾼들은?"

"일부만 와 있습니다. 행방이 묘연한 팀이 셋이나 있어서 요. 나머지 아홉 팀은 모두 압송되어 있습니다."

"그래? 그중 다프네를 아는 자가 있던가?"

"…죄송합니다."

스트마르크 백작은 본인이 죄를 지은 느낌이 드는지 고개를 숙인다.

"일단 보지."

"네, 이쪽으로……."

스트마르크 백작은 미판테 왕국 중동부 지역의 변경백이다. 적어도 이곳에선 어느 누구도 넘볼 수 없던 권력자이다.

그런데도 현수에게 절절맨다.

이전 같으면 명색이 변경백인데 상대가 마탑주라 해도 저토록 저자세여야 하는 생각을 했을지도 모른다.

하지만 하인스와 실비아의 뇌리엔 그럼 생각 자체가 없다.

몇 마디 말로 수많은 부상자를 말끔히 치료해 내고, 수천 마리 몬스터를 글자 그대로 도륙하는 능력자이다.

피해는 전무하다!

스트마르크 백작이 휘하 기사 전부와 병사들을 이끌고 상대할지라도 결과는 같을 것이다. 하인스와 실비아에게 있어 현수는 신(神)과 동급이기 때문이라 이런 생각을 한다.

그렇기에 부친이자 영주인 스트마르크 백작이 굽실거리는 걸 전혀 이상타 여기지 않고 있다.

백작의 안내를 받아간 곳엔 노예상인 카문젠을 비롯하여 여러 무리의 사내가 있었다.

"모두 예를 갖춰라! 이실리프 마탑주님이시다."

쿵─!

일제히 무릎을 꿇으며 고개를 조아린다. 국왕보다도 높은 존재이니 당연한 일이다.

이들 중 얼굴을 아는 자는 노예상인 뿐이다.

"카문젠! 고개를 들라."

"네! 마탑주님."

"다프네를 납치한 자가 이들 중에 있다고 하던가?"

현수의 음성에 아홉 무리 사내가 부르르 떤다. 이곳으로 끌려올 때 큰일을 당하리라는 것을 알았다.

하지만 별다른 반항은 하지 않았다.

자신들을 소환한 장본인이 이실리프 마탑주라는 말에 저항할 의지마저 잃은 때문이다.

세상 모든 마법사를 다스리는 자를 어찌 피한단 말인가!

도주했다 잡히면 죽음조차 쉽지 않을 것이다. 그렇기에 심한 고문이 있을 걸 알면서도 찍소리 않은 것이다.

"아뢰옵기 황송하오나 이들 중엔 없다 하옵니다."

떨리는 음성으로 대답한 카문젠은 잔뜩 겁먹은 표정으로 머리를 박는다. 일의 심각성을 잘 알기 때문이다.

쿠웅─!

이마가 찢겨지고 선혈이 흘러 눈앞을 가렸지만 카문젠은 이를 닦아내지 않았다. 애처롭게 보일수록 좋기 때문이다.

하지만 세상일이란 뜻대로 되는 법이 없다.

"힐—!"

샤르르릉!

현수의 말 한 마디에 흐르던 선혈이 멈추고, 찢겨진 상처는 스르르 아문다.

"노예사냥꾼들은 모두 고개를 들어라."

"······!"

말 떨어지기 무섭게 모두들 고개를 든다. 시선을 마주했지만 모두들 잔뜩 겁에 질린 표정과 눈빛이다.

노예들은 낙인을 찍어도 종속마법이 걸리지 않으면 자유의지가 남아 있기에 도주한다.

노예사냥꾼은 이들을 잡아들이는 자들을 일컫는 말이었다.

귀족들은 노예들의 숫자만 셀 뿐 얼굴을 잘 모른다. 자세히 들여다볼 이유가 없기 때문이다.

만일 노예가 도주하면 노예사냥꾼 길드에 의뢰한다.

그렇게 하여 출동을 했는데 죽었거나 완전히 사라진 경우가 있다. 이럴 때면 적당히 만만해 보이는 자를 납치하여 낙인을 찍어 데려온다. 이래야 돈을 받기 때문이다.

이 과정에서 사내라면 두들겨 패는 재미가 있고, 젊고, 예쁜 계집이라면 마음껏 능욕하는 즐거움을 누린다.

이런 일에 재미를 붙인 노예사냥꾼들은 오지 산간마을을

돌아다니며 만만한 자들을 납치한다.

그리곤 카문젠과 같은 노예상인에게 헐값에 넘긴다. 그러면 신분 세탁 후 노예로 팔아먹는 것이다.

다시 말해 노예사냥꾼과 노예상인은 불법적인 유착관계를 맺고 그 과정에서 폭리를 취하고 있는 것이다.

당연한 처벌 대상이다. 그렇기에 잔뜩 겁먹은 표정을 짓고 있다.

"백작! 이들에게 그림을 보여주었나?"

"네, 마탑주님. 여기……."

백작은 품에서 다프네의 사진을 꺼내 현수에게 건넨다.

너무도 정교하여 마치 살아 있는 사람이 그대로 들어 있는 듯한 그림이다. 백작은 자신이 소유할 물건이 아니라는 생각이기에 다시 넘긴 것이다.

현수는 받아 든 사진을 노예사냥꾼들이 잘 볼 수 있도록 들어 올렸다.

"여기 있는 이 그림의 여인을 본 적이 있는가?"

"어, 없사옵니다."

"네, 저희는 그런 여인을 본 적이 없사옵니다."

"처음 보는 여인이옵니다."

노예사냥꾼들은 제발 자신들의 말을 믿어달라는 표정을 지으며 읍소한다.

"흐음! 정녕 없단 말인가? 카문젠! 너는 이 여인을 사들이지 않았는가?"

현수의 싸늘한 시선을 받은 카문젠은 얼른 고개를 처박으며 소리친다.

"네! 정말입니다. 소인은 그런 미녀를 본 적이 없사옵니다. 믿어주시옵소서. 로드!"

"……!"

말하는 태도나 표정을 보면 모두가 진실을 말하는 듯싶다. 하지만 100% 진실이 아닐 수도 있다.

하여 나직이 중얼거렸다.

"올웨이즈 텔 더 트루스!"

화아아아악—!

무색투명한 마나가 카문젠을 비롯한 노예사냥꾼들에게 소리 없이 스며든다.

"너의 중에 이 여인을 보았거나, 이렇게 생긴 여인에 대한 이야기를 들은 자가 정녕 하나도 없단 말이냐?"

"…저어, 제가 그 여인에 대한 이야길 들은 것 같습니다."

구석에 있던 자의 말이다. 당연히 모두의 시선이 쏠린다.

"들은 거 같아? 좋아, 말하라."

"자, 작년 연말에 해, 해밀턴 패거리들이 엄청난 돈을 벌었다고 떠버리고 다녔습니다요."

현수는 날카로운 시선을 노예상인에게 돌린다.

"카문젠! 해밀턴으로부터 이 여인을 사들였나?"

분노 섞인 냉엄한 시선을 받은 카문젠은 사시나무 떨듯 떨며 대답한다.

"네에? 아, 아니옵니다. 저, 저는 이런 엄청난 미녀는 본 적도 없습니다요. 정말입니다. 믿어주십시오. 로드!"

벼락을 맞은 듯 부르르 떨기까지 한다. 목숨이 오가는 상황이라는 걸 잘 알기 때문이다.

잠시 그를 바라보던 현수가 사내에게 시선을 돌렸다.

"아니라는데?"

"그게… 카문젠님에게 처분한 게 아니라면 국경 넘어 저쪽으로 갔을 수도 있습니다요."

"국경을 넘어가? 그럼, 아드리안 공국으로?"

스트마르크 영지와 인접한 국가는 아드리안 공국밖에 없기에 단정적으로 말한 것이다.

"네! 카문젠님보다 그쪽이 값을 더 쳐주니까요."

"값을 더 쳐줘? 얼마나?"

"솔직히 말하면 여기보다 한 배 반은 됩니다요. 해서 우리도 사냥한 거의 절반은 그쪽에서 처분합니…… 헙!"

노예사냥꾼은 자신이 왜 이런 말을 하는지 이해되지 않는다는 표정이다. 아무튼 얼른 제 손으로 입을 막는다.

이 순간 고개를 숙이고 있던 카문젠의 눈초리가 매서워진
다. 이건 밥그릇에 관련된 사안이기 때문이다.

스트마르크 백작의 눈빛 또한 예리해졌다. 변경백의 허락
없이 국경을 넘는 것은 법률을 어기는 행위이다.

게다가 불법으로 사냥한 노예를 다른 나라에 넘긴다는 것
은 국가의 노동력 감소를 야기하는 일이다.

당연히 일벌백계로 다스려야 한다.

변경백으로서 가만히 있을 수 없는 일이기에 무례를 무릅
쓰고 입을 열었다.

"너희 모두 아드리안 공국과 거래를 했는가?"

"네? 아, 네에. 당연히 그리하지요."

올웨이즈 텔 더 트루스 마법의 효능이다.

"뭐, 뭐라……? 내 허락 없이 국경을 넘어……?"

백작이 분노를 참기 힘들다는 듯 부르르 떤다. 이때 현수의
음성이 있었다. 아주 차분하다.

"지금 해밀턴 일당이 어디에 있는지 말하는 자는 특별히
죄를 감면하여 줄 것이다. 누가 말하겠는가?"

말 떨어지기 무섭게 구석에 있던 자가 손을 번쩍 든다.

"제, 제가 말씀드리겠습니다요. 해밀턴 일당은 현재 파미
르 산에 있는 아지트에 있을 겁니다요."

"파미르 산……?"

현수의 시선을 받은 백작이 얼른 입을 연다.

"로드! 제가 기사와 병사들을 파견하여 즉각 체포해 오도록 하겠습니다."

"좋네! 나머지 처분은 백작에게 맡기지."

"네! 로드. 감사하옵니다."

백작은 얼른 고개를 숙인다. 그리곤 곧바로 아들인 하인스에게 지시를 내린다.

"하인스! 단장에게 전해라. 창공기사단 전원을 데리고 파미르 산으로 가서 해밀턴 일당을 체포하여 오도록!"

"네, 알겠습니다. 명 받드옵니다."

척―!

절도 있게 군례를 올린 하인스는 빠른 걸음으로 나간다. 백작은 시종장인 도널드에게 시선을 돌린다.

"도널드! 병사들을 불러 이들을 투옥하라. 다만 저자는 예외로 다루도록!"

"네, 영주님!"

솔직하게 불면 봐준다 하였으니 그에 합당한 조치를 내리는 것이기에 사내는 고맙다는 뜻으로 고개를 숙인다.

"실비아! 너는 가서 로드께서 드실 음료를 준비해라."

"네, 영주님!"

실비아마저 밖으로 나가자 현수가 백작에게 시선을 준다.

"인간이 인간을 노예로 부리는 것은 권장할 만하지 않네."

백작은 날 때부터 귀족이었다. 귀족의 장남으로 태어나 귀족의 관점에서 만들어진 교육을 받았고, 귀족으로 살아왔다.

그렇기에 일반 백성 또는 노예들의 마음을 전혀 모른다.

그들 모두 귀족의 수발을 들어주기 위해 태어난 가축과 같은 존재라 여기기 때문이다.

그런데 위대한 로드께서 노예제를 탐탁지 않게 이야기 한다. 영리했기에 금방 뜻을 알아차렸다.

"……! 알겠습니다. 노예시장을 폐쇄토록 하겠습니다."

"내 뜻을 알아주니 좋군! 앞으론 노예도 사람의 자식으로 태어났음을 잊지 않는 정도면 될 것이네."

수천 년을 이어온 사회제도를 어찌 한순간에 타파할 수 있겠는가! 그렇기에 적절한 완화 정도면 충분하다는 뜻이다.

"각별히 유념토록 하겠습니다. 로드!"

"시간이 좀 비겠군. 네로판 영지를 다시 다녀오겠네. 가장 위급한 곳이 어딘지 아는가?"

"여기… 이곳이라고 합니다."

백작이 가리킨 곳은 라수스 협곡으로부터 갈라진 작은 협곡 입구 쪽이다. 몬스터들이 쏟아져 나올 만한 곳이다. 네로판 영지로부터 이곳의 구원을 요청받았기에 지적한 것이다.

"이곳은 평소에도 몬스터 출몰이 많아 석성을 세워두었다

합니다. 그런데 이번에 너무 많이 와서 현재 우리 병사들이 배치되어 있지만 위태롭다 합니다."

[아리아니! 여기 좌표……]

[호호, 네에. 주인님! 잠시만요.]

현수는 잠시 지도를 살펴보았다. 지구와 달리 개략적인 위치와 주변의 큰 산, 그리고 강 정도만 그려진 것이다.

그려 넣은 성의 크기가 클수록 농지가 많다는 의미를 담는다고 알고 있다.

[좌표 확인해 왔어. 472FWQ554LRF — RPQ35688Y12K — 69QX541XZL6이예요.]

[수고했어, 땡큐~!]

"다녀오겠네. 갔다 오는 동안 성과가 있기를 바라네."

"네! 로드! 최선을 다하겠습니다."

백작은 허리를 직각으로 꺾었다.

"텔레포트!"

샤르르르르룽—!

"휴우~! 도널드, 도널드!"

백작은 나직한 한숨을 쉬곤 연신 도널드를 불렀다.

하지만 노예사냥꾼들을 하옥하러 간 사람이 어찌 금방 나타나겠는가!

결국 다른 시종을 불러 갑옷을 챙겨 입었다. 그리곤 급하게 출발한 창공기사단의 뒤를 따라갔다.

로드의 명이니 직접 매사를 챙기려는 것이다.

끼이익—!

"영주님, 말씀하신 차를……."

영주 집무실의 문을 열고 들어선 실비아는 텅 빈 공간을 보고 고개를 갸웃거린다. 주방에 갔다 온 시간이 별로 길지 않았는데 모두가 사라진 때문이다.

그러다 물소가죽으로 만든 소파를 보곤 눈빛을 빛낸다. 이런 건 본 적이 없기 때문이다.

주변을 둘러보곤 살며시 앉아보았다. 가죽은 보드랍고, 촉감은 푹신하다. 마치 구름 위에 앉은 기분이다.

"우와, 세상에 이런 게 다 있네."

실비아는 감탄사를 터뜨리며 소파를 꾹꾹 눌러본다.

*　　　*　　　*

"뭐해? 어서 기름 뿌려! 그래! 이제 불 질러!"

크웨에엑! 아악! 꿰에엑! 케엑! 아아악!

"던져! 어서 돌을 던져! 빨리!"

성벽 위는 온통 난리이다. 기어오르는 몬스터들을 찌르고 베는 병사들의 틈으로 영지민들이 기름을 붓고 불을 지른다.

돌을 운반하는 여자들도 온통 땀투성이다.

사방에 밝혀놓은 횃불 아래로 보이는 것은 끝도 없이 이어진 몬스터들이다.

오크가 가장 많고, 트롤, 오거, 고블린, 놀 등이다.

쿠왕! 쿠왕! 쿠왕! 쾅! 콰쾅! 쿠앙! 쾅!

시선을 돌려보니 미노타우르스 2마리가 계속해서 성문을 들이받고 있다.

쿵! 콰콰콰쾅! 콰쾅! 우르르르! 콰르르르!

"아악! 사람 살려. 케엑! 으아악!"

요란한 소리에 시선을 돌려 보니 성벽 안쪽의 이층집 두 채가 무너지고 있다. 집을 파괴한 것은 커다란 돌이다.

"저건……?"

현수의 시선을 끈 것은 도감으로만 보았던 사이클롭스이다. 주변의 커다란 돌덩이를 주워 던지고 있다.

이때 누군가 소리를 지른다.

"모두 쏴라!"

쇄에엑! 쇄에엑! 쉬이익! 쇄에엑!

성벽 안쪽에 도열해 있던 궁수들이 시위를 놓자 허공으로 화살들이 솟구친다. 몬스터가 너무 많기에 아무데나 쏴도 맞을 판이라 성벽 안쪽에서 쏘는 모양이다.

같은 순간 성벽을 기어오르는 몬스터들이 있다. 병사들은 이들에게 검과 칼, 그리고 도끼를 휘두른다.

쇄에엑! 퀘에엑! 푸욱! 케에엑! 쉬익! 크엑!

"아악! 내 다리, 내 다리! 아아아악!"

몬스터들에게 당한 병사가 비명을 지르며 나뒹군다.

평원 한복판에서 세워진 이 성은 둥근 모양이다.

제법 큰 성임에도 몬스터들은 사방 모두를 에워싼 채 흉포한 괴성을 지르며 달려드는 중이다.

사람들은 취할 수 있는 모든 수단을 동원하고 있다.

아이, 어른 할 것 없이 사내들 거의 모두 성벽 위에서 혈투를 벌이는 중이다. 이 중엔 여인들도 제법 끼어 있다.

계집아이나 노파들도 돌덩이를 나르고, 화살을 가져다주고 있으며, 상처 입은 자들에 대한 응급처치를 하고 있다.

"여, 영주님! 구, 구원병은 정녕 없는 겁니까?"

누군가의 물음에 갑옷을 입은 사내가 고개를 끄덕인다.

"구원병은 없다. 우리 힘으로 막아내지 못하면 모두가 죽는다. 가라! 가서 하나라도 더 죽여라. 그게 살길이다."

말을 마친 영주라는 자는 성벽 위를 뛰어다니며 몬스터들을 공격하려다 위험에 빠진 이들을 구하고 있다.

그런 그의 다리에선 선혈이 배어나고 있다. 몬스터에 의해 입은 상처인 듯싶다.

"모두 공격하라, 공격하라! 죽이지 않으면 우리가 죽는다.

자랑스런 쉴론의 병사들이여 공격하라! 공격하라!"

"와아아아! 와아아아! 공격! 공격!"

영주의 고함에 힘이라도 얻었는지 일제히 소리를 지르며 몬스터들에게 공격을 퍼붓는다.

케엑! 꾸웨엑! 케에엑! 꿰엑!

수많은 몬스터가 성벽 아래로 추락했다. 하지만 그게 끝이 아니다. 바로 밑에 있던 수많은 녀석이 또 기어오른다.

반지의 제왕이란 영화를 보면 수많은 오크가 성을 공격하는 장면이 있다.

'두 개의 탑' 이란 에피소드에 나오는 헬름 협곡에서 벌어지는 전투장면이 한 예이다.

오크들로 이루어진 사우론의 군대는 갑옷과 방패, 그리고 투구과 장창까지 갖추고 있다. 기형도를 가진 놈도 있고, 쇠뇌까지 갖춰진 거의 완전한 군대였다.

게다가 사다리와 충차 같은 공성무기 또한 가졌다.

이들을 맞이한 것은 로한의 군대와 아라곤 일행이다.

첫날의 전투는 빗속에서 치러진다. 날씨는 춥고, 시야 또한 좋지 않다.

그러던 중 외성이 붕괴되었고, 치열한 백병전이 벌어진다.

레골라스가 방패를 스케이트보드 타듯 계단을 딛고 내려

가며 활을 쏘는 명장면이 여기에서 나온다.

엄청난 피해를 입은 채 내성으로 몸을 피한 인간들은 수많은 오크를 맞이하여 치열한 전투를 벌인다.

하지만 성문이 뚫려 버리는 상황을 맞이한다.

어린아이와 노약자들은 겁에 질려 벌벌 떨었고, 병사들의 사기는 급락했다. 도주할 길을 찾았지만 없었다.

가만히 있다간 전멸 당함을 알기에 로한과 아라곤 일행은 병사들을 이끌고 과감히 오크들을 헤치고 나아간다.

하지만 그들을 에워싼 것은 수많은 오크들!

무한 체력을 갖지 않은 이상 목숨을 잃게 될 것은 자명한 상황이다.

이때 협곡 위쪽에 한 인물이 나타난다.

백마법사 간달프!

약속했던 대로 구원군을 이끌고 나타난 것이다.

구원군들이 협곡의 위에서 아래로 말을 타고 내려올 때 오크들은 장창을 앞세워 기병에 대응하여 했다.

누가 봐도 기병들의 막대한 피해가 우려되던 바로 그 순간 태양이 떠올랐고, 오크들은 환한 빛에 놀라 창을 거둬들인다.

다음 순간, 구원병들에 의한 천참만륙이 시작되었다.

이 장면에서 하나 아쉬운 점은 마법사인 간달프가 마법은 쓰지 않고 스태프로 오크들을 후려 팼다는 것이다.

이곳의 상황은 에피소드 두 개의 탑의 전투 5일차 아침과 다름없다.

오크들이 무장하지 않았다는 것과 외성이 파괴되지 않았다는 것만 다를 뿐이다.

내성은 없고 인간들은 병사보다는 일반인이 월등히 많다. 따라서 이런 상황이 지속되면 전멸할 일만 남아 있다.

"플라이!"

일련의 상황을 모두 파악한 현수는 곧장 허공으로 솟아올랐다. 하지만 치열한 접전이 벌어지고 있는 중인지라 어느 누구도 하늘 위에 사람이 있음을 알지 못한다.

현수는 오크들이 우글거리는 곳을 노려보며 나직이 입술을 달싹였다.

"헬 파이어!"

고오오오오오—! 쿠와아아아아앙—!

시뻘건 화염이 오크들이 밀집해 있는 곳을 직격한다.

"헬 파이어!"

쉬이이이잉—! 콰아아아아앙—!

또 다른 곳에 떨어진 화염은 한 떼의 놀을 한꺼번에 구워버렸다.

"헬 파이어!"

고오오오오─! 쿠와아아아아앙─!

또 한 떼의 오크가 불길에 휩싸여 몸부림친다.

작렬하듯 떨어지는 불길에 놀란 몬스터들이 일제히 움직임을 멈춘다. 본능적으로 불을 무서워하기 때문이다.

치열한 전투를 벌이던 성벽 위의 사람들은 입을 딱 벌린 채 멍한 표정이다.

너무도 어마어마한 화염에 넋을 잃은 것이다.

몬스터들도 마찬가지이다. 하던 공격을 멈춘 채 세 곳에서 솟아난 화염에 시선을 주고 있다.

그 순간 화염의 뜨거움이 사방으로 번진다.

화아아아아아악~!

주변 나무들의 잎사귀가 누렇게 변하는가 싶더니 화르르 타오른다. 곧이어 줄기마저 화염에 휩싸인다.

가공할 만한 화기가 스친 때문이다.

헬 파이어 범위 바로 밖에 있던 몬스터들은 단숨에 살이 익기라도 했는지 발버둥 치다 쓰러진다.

"……!"

그토록 시끄럽던 전장이 일순간에 고요 속으로 빠져든다. 인간은 물론이고 몬스터들까지 아무런 소리도 내지 못한다.

입만 벙긋해도 신벌이 내릴 것이라 여긴 듯하다.

이 순간 성벽 밖 허공에 떠 있는 현수에게 시선을 준 이가 있다.

"아! 저기 저 하늘을 봐! 사람이 떠 있어."

모두의 시선이 하늘로 향할 때 현수는 분위기 파악 못하고 다시금 공격을 시도하려는 오거와 미노타우르스가 있는 곳을 노려보고 있다.

"헬 파이어!"

고오오오─! 콰아아아앙─!

끄웨엑! 케에엑! 꾸와아악!

덩치 큰 오거와 미노타우르스인지라 단숨에 내장까지 익지는 않은 모양이다. 하지만 발버둥 몇 번으로 끝이다.

그리고 시뻘건 화염이 놈들의 사체를 뒤덮어 버린다. 이 순간 놀란 몬스터들이 일제히 도주하기 시작한다.

"와아아아! 몬스터들이 도망간다!"

"와아! 우리가 이겼다. 이겼어!"

"마법사님 만세! 만세! 만세!"

병사와 영지민들이 일제히 환성을 울릴 때 영주라 불리던 자의 입술이 달싹인다.

"세상에 맙소사……! 어떻게 이런 일이……!"

수많은 사람이 그토록 막아내고자 애를 써도 되지 않던 일이 불과 몇 분 만에 정리되었다.

성벽 밖 어디에도 살아서 움직이는 생명체가 없다. 불타고 있거나 내장까지 홀랑 익어버린 것들뿐이다.

움직일 수 있는 놈들은 다 도망간 것이다.

현수는 확실히 간달프와 다르다.

간달프는 많은 구원병이 있어야 전투를 할 수 있었지만 현수는 단신으로 모든 걸 정리해 버렸다.

잠시 허공에 멈춘 채 사방을 둘러본 현수는 천천히 날아 성벽 위로 다가갔다.

"아아! 저희를 위기로부터 구원해 주신 분이시여! 누구신지 신분을 알려주시옵소서."

현수에게 소리친 이는 이 성의 주인이다.

심각한 다리 부상을 입어 제대로 서 있을 수 없는지 한 무릎을 구부린 채 묻고 있다. 그러고 보니 선혈도 흘린다.

"컴플리트 힐!"

샤르르르룽—!

서늘한 푸른빛 마나가 스며들자 흐르던 피가 멈추고 곧바로 상처가 아물기 시작한다.

하지만 영주는 자세를 바꾸지 않고 바라만 보고 있다. 자신의 물음에 대답해 달라는 뜻이다.

"나는 이실리프 마탑의 마탑주! 너희를 구원하러 왔다."

"……! 아아! 로드시여. 감사하나이다. 정말 감사하옵나이다. 오늘의 이 은혜 영원히 잊지 않겠습니다."

영주는 너무도 감격하여 눈물까지 흘린다. 오늘 이곳에서 목숨을 잃을 것이라 생각했다.

휘하 기사들은 아내와 아이들을 피신시키자고 했지만 거절했다. 영지민들과 생사를 같이 하리라 마음먹었던 것이다.

몇 안 되는 상당히 괜찮은 귀족이다.

"자네는 누구인가?"

"소인은 이곳 쉴론 영지의 타일러 자작이옵니다. 로드!"

"부상자들을 한 곳으로 모으라. 치료해야 하니."

"네, 로드!"

말을 마친 타일러 자작이 시선을 돌리자 휘하 기사가 뜻을 알았다는 듯 군례를 올리곤 후다닥 사라진다.

"몬스터들의 공격은 언제부터였나?"

"오늘이 나흘째이옵니다."

"구원병도 없는데 잘 버텼군."

"영지민들이 잘 협조하여 잘 버텼습니다. 로드!"

이 말은 진심이다. 영주가 제 살길을 찾아 도망가지 않고 끝까지 버텨내려 한다는 것이 알려지자 시키지도 않았는데 자원하여 성벽에 올라 공격에 가담했던 것이다.

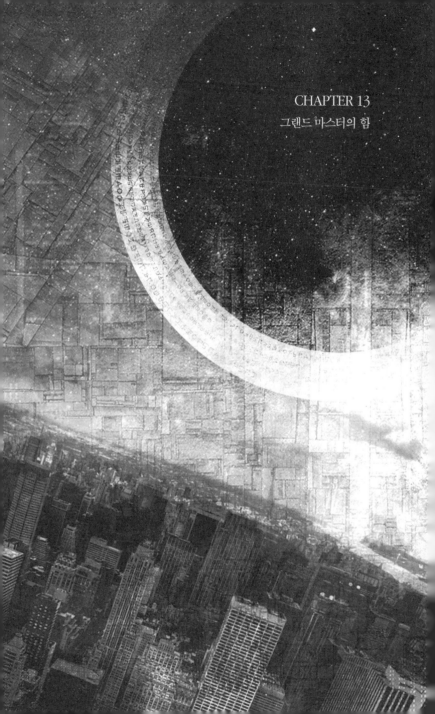

CHAPTER 13
그랜드 마스터의 힘

전능의팔찌

THE OMNIPOTENT
BRACELET

"부상자들 모두 우물 앞에 모아놓았습니다. 영주님!"

"알았다."

기사로부터 보고를 받은 타일러 자작은 고개를 끄덕이고
는 현수에게 시선을 돌린다.

"제가 모시겠습니다."

"그러게."

타일러 자작의 모습은 아까와 달라져 있다.

치열한 전투를 벌이는 동안 땀과 피에 절어 있었다. 갑옷과
투구 역시 말라붙은 핏자국이 잔뜩이었다.

결코 보기 좋은 모습은 아니다.

하여 타일러 자작에게 워싱과 클린, 그리고 바디 리프레쉬 마법을 걸어주었다. 그 결과 단숨에 깨끗해졌고, 쌓였던 피로는 한번에 날아갔다.

그래서 그런지 절도 있는 동작으로 안내한다.

[아리아니! 엘리디아 불러줘.]

[네, 주인님.]

잠시 후 반투명한 엘리디아가 나타나 고개를 조아린다.

[부르셨나이까? 위대한 존재시여!]

[그래! 엘리디아. 또 불렀어. 도움 줄 수 있지?]

[그럼요! 무엇을 도와드릴까요?]

[이곳에 다친 인간들이 많아. 모두 치료해 줄래?]

[알겠사옵니다.]

말을 마친 엘리디아의 긴 동체가 부상자들 사이를 스치며 지난다. 경상자는 잠깐 스치는 정도이지만 중상자의 경우는 잠시 머물기도 한다.

엘리디아가 지나고 나면 감탄사들이 터져 나온다.

"우와! 내 팔이 다 나았어. 이것 봐. 이거!"

"내 다리, 내 다리도 다 나았어."

"으아, 이제 피가 안 흘러, 나 살았어. 살았다구."

수많은 병자들 입에서 희열에 찬 감탄사들이 터져 나온다.

타일러 자작은 눈앞에서 펼쳐지는 이적에 눈을 크게 뜬다.

마탑주는 입술조차 달싹이지 않았다. 바라만 보고 있었을 뿐이다. 그런데 수많은 병사가 나왔다며 환호성을 지른다.

'아아! 진짜 위대하신 분이시구나.'

타일러 자작에게 있어 현수는 이제부터 신(神)이다.

"먹을 건 있나?"

"네! 식량은 부족하지 않습니다."

"좋아. 이 근처에서 구원을 요청했던 곳이 있나?"

"네. 저희 영지 남쪽에 위치한 루이체 영지가 위급하다는 전갈을 보내왔었습니다."

"언제지?"

"나흘 전입니다. 그날 저희는……."

타일러 자작은 구원요청을 받는 즉시 기사와 병사들을 파견하려 했다. 그런데 그날 몬스터들의 공격이 시작되어 도울 수 없었다는 말을 한다.

"정확한 위치는?"

"이곳으로부터 정남쪽으로 30㎞ 정도 떨어진 곳입니다."

[아리아니! 실라디아 파견해서 좌표 알아다 줘.]

[네! 주인님.]

[가는 김에 그쪽 사정이 어떤지도 알아오라고 해. 그리고 가장 쉽게 도움 줄 수 있는 좌표를 찾으라 하고.]

[네에. 그럴게요.]

실리디아를 파견한 현수는 그녀가 돌아올 때까지 도움의 손길을 베풀었다.

무너진 돌 더미들을 들어 올려 깔려 있던 사람들을 구해준 것이다. 물론 마법이 사용되었다.

이때 사용한 마법은 반중력 마법이다.

[주인님! 좌표 확인했어요. 그리고 매우 위태롭대요.]

[알았어.]

고개를 끄덕인 현수는 수행하던 타일러 자작에게 시선을 주었다.

"나는 이만 가겠네. 영지를 잘 재건했으면 좋겠군."

"마탑주님의 은혜 영원히 잊지 않겠습니다."

타일러 자작은 깊숙한 예를 갖춘다. 신하가 주군에게 바치는 그런 예이다. 그 순간 현수의 입술이 달싹인다.

"텔레포트!"

샤르르르릉─!

＊　　　＊　　　＊

케에에엑! 쿠와아악! 끄아아악!

"이런……!"

텔레포트하자마자 눈에 뜨인 건 발밑을 가득 메운 몬스터들이다.

얼핏 세어도 족히 3만 마리는 될 정도로 우글우글거린다.

현수의 신형은 현재 약 10m 높이 허공에 있다. 주변을 둘러보니 몬스터 집단의 거의 한가운데쯤이다.

인간들을 보호할 성벽은 반쯤 허물어진 상태이다.

수많은 몬스터가 그곳을 통해 안쪽으로 들어가려 하고, 사람들은 필사적으로 놈들을 막는 중이다.

화살이 빗발치는 걸 보면 아직 많은 인원이 있는 듯하다. 하지만 성벽이 붕괴된 이상 전멸은 시간문제이다.

3만 마리에 달하는 오크 이외에도 많은 종류의 몬스터들 또한 성벽으로 달려들고 있기 때문이다.

이때 성벽 위로부터 누군가의 고함이 들려온다.

"적들에게 죽음을!"

"절대 자비를 베풀지 마라!"

"와아아아! 와아아아아!"

"사격하라, 사격!"

함성에 이어 화살비가 또 솟구친다. 살려는 의지가 엿보이는 함성이다. 당연히 돕고 싶은 마음이 샘솟는다.

[아리아니! 아공간에서 제일 쓸 만한 검으로 하나 골라다 줄래?]

[네, 주인님!]

현수가 손을 펼치자 폼멜 그립이 잡힌다. 힐끔 바라보니 푸른 보석이 박혀 있다. 그런데 마나의 향기가 느껴진다.

"이건 뭐지? 마법검인가?"

"역시 아시는군요. 폼멜에 박힌 건 초특급 마나석이에요. 체인 라이트닝 마법이 인챈트된 검이구요."

"뭐야? 나는 이런 게 필요 없다는 거 몰라?"

현수에게 있어 체인 라이트닝은 하위마법에 불과하다.

마음만 먹으면 그보다 훨씬 더 위력적인 라이트닝 퍼니쉬 먼트도 시전할 수 있으니 당연한 말이다.

"알아요. 근데 그 검 통째로 오리하르콘으로 제작된 거예요. 드워프가 만들었구요."

"…그렇군."

가장 강한 금속 오리하르콘으로 만들었다는데 뭐라 더 말하겠는가! 게다가 드워프의 작품이란다. 이 정도면 웬만한 성한 개 값보다도 비쌀 물건이다.

"이 녀석에게 이름이 있나?"

"네, 폼멜 아래에 Deio' s Punishment라고 쓰여 있어요."

"데이오?"

"대지를 관장하는 가이아 여신의 성스러운 짝이신 전쟁의 신이에요."

처음 듣는 소리인지라 고개를 갸우뚱하며 물었다.

"전쟁의 신? 이 아르센 대륙에 그런 신도 있어?"

"네! 계시지요."

"난, 이런 신이 있다는 소릴 들어본 전 없는데?"

"그럴 거예요. 어느 나라든 전쟁의 신을 모시면 주변 국가의 공격을 받기에 쇠락해 버렸기 때문이에요."

들어보니 그럴 만하다. 전쟁광이 이웃에 있는 것을 좋아할리 없기 때문이다.

"가이아 여신님의 짝이란 말이지?"

말을 하면서도 왠지 기분이 좋았다.

너는 내가 간택한 내 딸의 배우자!

선택받은 인간이여!

누릴 수 있는 모든 복락을 누리며 살지어니 내 딸을 잘 보살펴 내뜻이 세상에 널리 퍼지도록 하라.

나의 뜻에 따를 때 네 세상에도 나의 힘이 미치리라.

이런 여신의 신탁을 받고 성녀를 아내로 맞이하려 하겠다맹세했다. 하여 자신과 인연이 있다는 느낌이 든 때문이다.

꿰에엑! 꾸웨에엑! 캬캬캬! 꿰에엑! 크캬캬!

"이런⋯⋯!"

몬스터들의 괴성에 정신을 차린 현수는 마법을 풀었다. 그러자 허공에 있던 신형이 밑으로 툭 떨어진다.

"케엑!"

현수의 체중 실린 발에 깔려 목뼈가 부러진 놈이 비명을 지르며 쓰러진다.

쾌에엑! 쾌에에에엑!

느닷없이 나타난 먹이를 본 주변 오크들이 일제히 괴성을 지르며 다가선다. 그 순간 현수의 손에 들려 있던 데이오의 징벌이란 이름 붙은 검에서 시퍼런 검강이 솟아난다.

지이잉, 지이이이이잉—!

순식간에 길이 20m짜리 검강이 솟아나는 과정에서 오크들 이십여 마리가 꿰어버렸다.

꾸웨에엑! 케에엑! 크헥! 끄아악!

본능적으로 위기를 느낀 오크들이 일제히 뒤로 물러섰으나 이미 때는 늦었다.

"야아압!"

슈아아앙—!

퍼퍽! 퍽! 퍼퍼퍼퍼퍼퍼퍽! 퍼퍼퍽! 퍼퍼퍼퍼퍽!

"……!"

길이 20m짜리 검강이 한 바퀴 휘감고 난 현장엔 반 토막 난 오크들의 사체만 즐비하다. 모두 허리가 베어져 있다.

놀란 오크들이 도주하려 했지만 이 녀석들 바깥에 있는 놈들 때문에 그럴 수 없다.

휘이이이잉!

퍼퍼퍼퍼퍼퍽! 퍼퍼퍼퍼퍼퍽! 퍼퍼퍼퍼퍼퍽!

퀘에엑! 꾸웨에엑! 케에엑! 크헥! 끄아악! 퀘에에에엑!

또 한 바퀴 검이 휘둘러지자 한꺼번에 200여 마리가 황천길로 향한다. 이때부터 현수의 검무가 시작되었다.

닥치는 대로 휘두르며 성벽 쪽으로 향했다.

멋모르고 달려들던 오크, 트롤, 오거, 드레이크, 미노타우르스, 사이클롭스 등은 검강에 닿는 즉시 깨끗한 절단면만 남기고 목숨을 잃었다.

애초에 당도한 곳으로부터 성벽까지의 거리는 대략 700m 정도 되었다. 그토록 몬스터가 많았던 것이다.

이내 이 거리는 줄어들었다.

쉼 없이 검을 휘두르니 썩은 짚단 쓰러지듯 몬스터들이 쓰러진다. 그렇게 거리를 좁혀 약 300m쯤 남았을 때 누군가 고함을 지른다.

"구원군이다! 구원군이 당도했다!"

"와와! 모두 힘을 내라. 구원군이 당도했다."

워낙 많은 몬스터가 있기에 현수의 몸은 보이지 않는다. 우수수 쓰러지는 몬스터들만 보일 뿐이다. 그렇기에 한 무리의 병사가 다가오는 것으로 착각한 듯싶다.

그러거나 말거나 현수는 쉬지 않고 검을 휘둘렀다.

휘이이이잉!

퍼퍼퍼퍼퍼퍽! 퍼퍼퍼퍼퍼퍼퍽! 퍼퍼퍼퍼퍼퍽!

퀘에엑! 꾸웨에엑! 케에엑! 크헥! 끄아악! 퀘에에에엑!

초록색 선혈이 수없이 튀었지만 현수의 의복은 깨끗하다. 아리아니가 그럴 수 없도록 잘 보살피고 있기 때문이다.

"엘리디아! 주인님 무릎 아래에 두 방울 튀었어. 닦아!"

"네, 아리아님!"

"좌측 옆구리에도 한 방울 묻었다."

"네, 아리아님!"

물의 최상급 정령 엘리디아는 말 떨어지기 무섭게 현수의 신형을 감싸며 더러워진 부분을 깨끗이 한다.

"노에디아! 주인님 앞쪽에 또 몬스터 시체가 있잖아. 어서 치워! 그리고 가시려는 길을 평탄하게 해."

"네, 아리아님!"

노에디아는 현수 앞쪽에 놓은 몬스터들의 사체를 재빨리 땅 속으로 끌어당긴다. 그리곤 평지가 되도록 한다.

"실라디아! 짐승 냄새와 피 비린내 난다. 바람 방향 바꿔! 그리고 주인님 땀나시겠다. 시원하게 바람 불어드려."

"네, 아리아님!"

말 떨어지기 무섭게 정령들이 움직이니 현수는 비교적 편안하게 학살 작업을 계속할 수 있었다.

잠시 후 성벽으로부터 불과 100m에 이르자 다시 한 번 누군가의 고함이 터져 나온다.

"봐라! 그랜드 마스터가 오셨다."

"뭐어? 그, 그랜드 마스터?"

"그래! 저기 저 검강을 봐라. 우린 이제 살았다. 모두들 힘내. 조금만 참으면 된다."

"그래! 죽지 말고 버티자, 그랜드 마스터께서 오셨다."

"와아아아아! 와아아아아!"

격려의 소리가 힘이 되었는지 일제히 함성을 지르며 몬스터들에게 공격을 퍼붓는다.

갑자기 드세진 인간의 기세에 눌린 몬스터들은 비칠거리며 물러선다. 본능적으로 위험을 감지한 모양이다.

이 순간 현수의 검이 또 한 번 허공을 찢어발겼다.

쒜에에에에에에엑!

퍼퍼퍼퍼퍼퍽! 퍼퍼퍼퍼퍼퍼퍽! 퍼퍼퍼퍼퍼퍽!

케에엑! 크헥! 끄아악! 퀘에에에엑! 퀘에엑! 꾸웨에엑!

동족들의 비명을 듣고 고개를 돌렸던 오크들이 일제히 물러선다. 감당 불가한 존재가 보여주는 무자비한 학살에 기가 질린 것이다.

하긴 반경 20m 이내에 있던 동료들의 허리가 일제히 베어지는 걸 어찌 편한 시선으로 바라보겠는가!

쿼에엑! 쿼에에꿰에엑―!

오크 두목쯤 되는 놈이 소리를 지른 모양이다. 오크들이 일제히 물러나 버린다. 그러자 이들에게 휩싸여 있던 오거와 트롤, 그리고 미노타우르스와 사이클롭스가 보인다.

이 순간 현수의 검이 이들을 휩쓴다.

"야아압!"

슈아아아아악!

퍼퍼퍼퍽! 퍼퍼퍼퍼퍽! 퍼퍼퍼퍽!

케엑! 크헥! 끄악! 쿼엑! 쿼엑! 꾸엑!

단숨에 동체를 베이자 비명 소리도 짧은 모양이다. 포식자의 위치에 있던 놈들이지만 너무도 허무하게 목숨을 잃었다.

잠시 멈춘 현수는 어느새 멀찌감치 떨어진 나머지 몬스터들을 노려보았다. 녀석들 역시 현수를 노려보고 있다.

걔들 입장에선 동족들을 무자비하게 베어버린 원수이기 때문일 것이다.

"드래곤 피어!"

피이이이이이이이이잉~!

인간의 귀에는 들리지 않는 초음파가 몬스터 무리를 향해 쏟아져 간다. 이건 다른 마탑엔 없고 오로지 이실리프 마탑에만 존재하는 마법 중 하나이다.

"……! 케엑! 케에에에에에엑—!"

가까이 있었기에 마법의 영향을 먼저 받은 놈이 펄쩍 튀어 오른다. 그리곤 뒤도 돌아보지 않고 전력 질주하여 멀어져간다.

공포감이 뇌리를 지배하자 본능적으로 도주하는 것이다. 곧이어 나머지 몬스터도 대경실색하며 도망친다.

이 순간 이놈들의 뇌리엔 현수가 너무도 무서운 드래곤 그 자체로 인식되고 있다.

몬스터들이 물러가고 난 자리엔 수없이 많은 사체가 널브러져 있다. 보아하니 농토였던 곳이다.

이 상태라면 올해 농사 꽝이다.

"아라아니! 정령들 불러서 여기 작업 좀 해."

"어떤 작업이요?"

"먼저 오크, 트롤, 오거, 미노타우르스, 사이클롭스의 가죽을 모두 벗겨. 트롤은 선혈을 받아놓고. 나머지 것들은 힘줄과 뼈를 분리해."

"인간들이 거두는 걸 남겨놓으란 말씀이시죠? 그럼, 그리고 난 나머지는 어떻게 해요?"

"모두 적당한 깊이로 묻어. 농작물의 양분이 되도록!"

"네에, 알겠어요."

아리아니에게 지시를 내리고 성으로 다가갔다.

어느새 영지민들이 바깥까지 영접 나와 있다. 이들의 선두엔 머리가 허연 귀족이 있다. 투핸드 소드를 쓰는 모양이다.

전투에 지친 모습이긴 하지만 행동을 제약할 큰 부상을 입은 것 같지는 않다.

"어서 오십시오. 마스터! 에드몬드 지안 반 루이체가 마스터께 예를 올립니다."

말을 마치곤 한 무릎을 꿇고는 왼 주먹을 오른 가슴에 대는 기사의 예를 갖춘다.

"자네 작위는?"

"백작이옵니다. 마스터! 도와주셔서 감사합니다."

"내가 너무 늦게 당도한 건 아닌가?"

"…많은 희생이 있었습니다. 하지만 때 늦지는 않으신 겁니다. 남은 인원도 꽤 되니까요."

백작은 눈물이 나려는 걸 억지로 참는 모양이다.

뒤에서는 보이지 않을 것이니 이쯤 되면 모르는 척해 줘야 한다. 백작 체면이 있기 때문이다.

"그런가?"

"네! 와주셔서 너무나 감사합니다. 영지 전체를 대표하여 다시 한 번 깊은 감사의 예를 올립니다."

이번엔 두 무릎을 모두 꿇고 고개를 숙인다. 기사로서 국왕에게 충성을 맹세할 때에도 이렇게 하진 않았다.

뒤에 있던 기사와 병사들은 물론이고 모든 영지민까지 마치 파도 타듯 무릎 꿇고 고개 숙인다.

　절체절명의 순간에 나타났기에 너무도 고마운 때문이다.

　그런데 백작의 무릎 위로 눈물이 뚝뚝 떨어진다. 현수가 당도하기 직전에 두 아들 모두 오크에게 당한 때문이다.

　큰 아들은 녹슨 도끼에 당했고, 작은 아들은 복부가 갈라져 창자가 쏟아져 나왔다. 이 밖에 자잘한 상처도 많다. 주교급 대신관이 당도하지 않는 한 치유불가능한 부상이다.

　불행히도 이곳엔 신전이 없다. 따라서 숨만 붙어 있는 두 아들 모두 곧 죽을 것이다.

　"부상자가 있나?"

　"…네!"

　"가지."

　"모시겠습니다."

　백작은 부상당해 신음하고 있는 병사들에게 현수를 데리고 갔다. 아들들은 회복 불가능하다 판단한 때문이다.

　팔다리가 베인 자도 있고, 물어뜯긴 자도 많다.

　몬스터의 발톱에 할큄을 당해 살점 떨어진 자들도 있고, 오거가 휘두른 몽둥이에 가격당해 뼈가 부러진 자도 다수이다.

　아예 어깨부터 팔이 떨어져 나간 사람도 많다.

　"매스 컴플리트 힐!"

샤르르르르르릉—!

서늘한 마나가 부상자들에게 스며들자 출혈은 멈췄고, 벌어진 상처는 서서히 아물기 시작한다. 병사들이 뭐라 입을 열기 전에 현수의 입술이 먼저 달싹였다.

[아리아니!]

[네, 주인님!]

[엘리디아 불러서 부상자들 치료하라 해줄래?]

[네에, 주인님!]

아리아니가 물러간 후 현수는 두 번의 컴플리트 힐을 더 시전해 주었다. 부상으로 인한 고통 때문에 신음하던 병사들 모두 놀라는 표정을 짓는다.

신관이 와도 고개를 흔들 정도로 심한 상처를 입었었는데 단숨에 말끔해졌기 때문이다.

"백작! 부상자가 또 있나?"

"…제 아이들을 봐주십시오."

눈앞에서 펼쳐지는 기적을 지켜만 보던 백작이다. 그런데 희망이 생겨 그런지 다급한 표정이다.

"가지."

"네! 이쪽으로……."

백작이 안내한 곳에 당도하니 널빤지 위에 두 사내가 누워 있다.

혼절해 있는데 당장 죽어도 이상하지 않을 상황이다.

현수는 작은 아들의 창자가 배밖에 늘어져 있음을 보았다. 상처도 있고, 이동하는 동안 흙먼지가 묻은 상태이다.

"워싱! 클린! 워싱! 클린! 매직 핸드!"

닦아낸 창자를 뱃속으로 밀어 넣었다. 다음은 큰 아들의 어깨에 박힌 녹슨 도끼를 뽑아냈다.

기다렸다는 듯 피가 뿜어져 나온다. 출혈이 잦아들자 지저분한 상처가 보인다.

"워싱! 클린!"

이번에도 상처 부위를 닦아냈다. 둘 다 실혈을 많이 해서 안색이 창백하다.

"컴플리트 힐! 컴플리트 힐!"

샤르르르릉—!

서늘한 마나가 체내로 스며들자 상처가 급격하게 아문다.

매스 컴플리트 힐은 한꺼번에 여러 사람을 치료할 수 있지만 아무는 속도가 더디다. 반면 지금처럼 개별적으로 마법이 구현되면 속도가 빠른 것이다.

"마나 디텍션!"

상처 아무는 모습을 지켜본 현수는 둘의 체내 상태를 확인해 보았다.

둘 다 소드 익스퍼트 중급이다.

분전(奮戰) 과정에서 기혈이 역류한 상태였다. 여기에 심각한 상처까지 입어 경각지경이었던 것이다.

"아공간 오픈!"

마나 포션을 꺼냈다. 그리곤 각기 반병씩을 복용시켰다.

백작은 숨소리조차 죽이고 일련의 과정을 보고 있다. 눈앞의 존재가 말로만 듣던 이실리프 마탑주라는 걸 안 것이다.

"리커버리! 리커버리!"

둘에게 각각 치유마법을 걸어주었다. 심각한 부상으로 죽을 위기에 몰렸던 것이 복으로 바뀌는 순간이다.

스톨레 마을의 늙은 마법사 실리이만은 마나 포션과 리커버리 마법만으로 서클이 올랐을 뿐만 아니라 바디 체인지까지 겪는 기연을 만났다.

지안 백작의 두 아들은 심각했던 부상으로부터 말끔해짐은 물론이고, 중급에서 상급으로 오르게 될 것이다. 마나가 부족하여 오를 수 없던 경지이기 때문이다.

둘의 혈색이 돌아오고 숨소리마저 고르게 변하자 백작은 다시 한 번 무릎을 꿇는다.

"아아! 로드이시며 마스터시여! 정말, 정말 감사하옵니다."

포기했던 아들 모두 죽음으로부터 벗어났으니 당연한 일이다.

"자네 가문에 독문 마나 수련법이 있는가?"

"네……? 그렇습니다. 루이체 수련법이라는 것으로 조상으로부터 전해지는 것이 있습니다."

"가져오게."

"네……? 아, 네에."

말을 마친 백작은 두말 않고 밖으로 튀어 나간다. 상대는 하늘보다도 높은 그랜드 마스터이시다.

자신이 가진 마나 수련법 따위는 거저 줘도 거들떠보지 않을 위치에 있다. 그럼에도 그걸 가져오라 함은 기연을 내려주시려는 것이다. 그렇기에 눈썹이 휘날리게 달려갔다.

"흐음! 이 정도면 괜찮아졌으니 곧 깨어나겠군."

현수의 말이 떨어지길 기다렸다는 듯 둘의 눈이 떠진다.

"끄웅……! 여긴……! 지옥인가?"

"끄으응! 형님, 로테한 형님이십니까?"

"왈로드, 너도 죽은 거냐?"

"네, 형님이 당하는 걸 보고 구하려 했는데 오크가 휘두른 칼에 배가 갈라졌지요."

둘은 뻥 뚫린 하늘을 보며 대화한다. 죽어서 천국 또는 지옥에 온 것으로 생각하는 듯하다.

"여긴 지옥이겠지?"

"…천국은 아닌 거 같습니다. 우리가 몬스터들을 꽤 많이 죽였잖습니까."

"살아서 네게 못되게 군 게 있으면 용서해라."

"아닙니다. 형님! 형님은 늘 좋은 형님이었습니다."

"아버지는 살아계시겠지?"

"그래야지요."

여전히 둘의 시선은 뚫려 버린 지붕 위의 어슴프레한 하늘에 고정되어 있다.

"내가 영주가 되면 너와 사이좋게 지내면서 좋은 영주가 되고 싶었는데. 이렇게 죽었구나."

"저도 형님을 잘 보필했으면 했는데 죽었네요. 그래도 한 가지는 다행입니다."

"뭐가?"

"지옥이지만 형님과 함께해서요."

"…고맙구나."

둘은 잠시 아무런 대화도 하지 않았다. 죽은 마당에 시시콜콜 이야기해서 무슨 소용이 있겠나 싶었던 것이다.

하지만 침묵은 그리 길지 않았다.

"그런데 형님! 왜 저승사자가 안 오죠?"

"글쎄? 오더라도 천천히 왔으면 좋겠다. 너랑 헤어지게 될 수도 있으니까."

참으로 우애 좋은 형제였던 것 같다.

현수는 문득 부러운 마음이 들었다. 외아들로 태어났기에 형도 없고, 동생도 없는 삶을 살아왔기 때문이다.

이들의 대화를 끊고 싶은 마음이 없기에 아무런 소리도 내지 않았다. 그렇게 5분 즈음 지났을 때이다.

삐이꺽—!

"헉헉! 헉헉! 여, 여기 있습니다. 마스터!"

헐레벌떡 달려든 이는 지안 백작이다.

그가 건넨 건 얇은 동판 세 장이다. 첫 장엔 아르센 공용어로 쓰인 루이체 마나 수련법이란 글씨가 있다.

현수가 이것에 시선을 줄 때 누워 있던 로테한이 몸을 일으킨다. 부상이 말끔하게 치료되었으니 당연히 아프지 않다.

"아버지……?"

로테한의 음성에 놀란 듯 왈로드 또한 소리친다.

"형님! 아버지도 돌아가신 거예요? 어라! 아버지."

몸을 일으킨 왈로드가 지안 백작을 바라본다.

죽기 전 마지막으로 본 아버지의 모습은 피로 범벅이었다.

기사와 병사들이 몬스터들에게 당하면서 뿜어진 것과 직접 죽인 몬스터들로부터 묻은 것, 그리고 본인이 입은 소소한 상처에서 흘린 피 때문이다.

하여 몰골이 엉망이었다. 그런데 지금은 걸치고 있는 갑옷은 자체에서 빛이라도 내는 듯 반짝거린다.

자신들도 심각한 부상을 입었었지만 지금은 멀쩡하지 않

은가! 그렇기에 부친도 목숨을 잃은 것으로 여겨진다.

"아버지! 아버지도 돌아가신 거예요?"

"어휴~! 그럼 어머니는 어떻게 해요? 아무도 못 보살펴 드리는데."

두 아들의 느닷없는 말에 백작은 눈만 끔벅인다.

"살아 있는 동안 효도하지 못해서 죄송해요. 아버지!"

"저도요! 늘 아버지 마음에 드는 아들이고 싶었는데 못 그랬던 거 같아요. 죄송해요. 그리고 사랑해요."

"……!"

백작은 두 아들의 심리상태를 알지 못한다. 하여 이게 대체 무슨 영문인가 싶어 입을 열지 않았다.

"근데 아버진 왜 여기로 오신 거예요? 아버진 좋은 영주셨잖아요. 영지민들을 자식처럼 아끼셨으니 천국으로 가셔야 하는 거 아니에요?"

"맞아요! 우리 영지는 세율도 낮고, 물건값도 비싸지 않았잖아요. 영지민들 착취도 안 했구요."

"저승사자가 오면 저희가 항의할 게요."

백작은 두 아들이 어떤 상태인지를 깨달았다.

"너희 둘 다 죽은 거라 생각하니?"

"그럼 아니에요? 형님은 도끼에 찍혔고, 저는 창자가 다 삐져나왔었는데요."

죽었으니까 멀쩡한 거라는 의견이다.

"너희는 죽지 않았으니 이제 그만 일어나라. 그리고 이분께 공손히 예를 갖춰라."

부친의 시선을 따라 시선을 돌린 둘은 동판에 시선을 주고 있는 젊은 청년을 볼 수 있었다.

"이 친구는 누구……."

큰 아들의 말은 중간에 끊겼다.

"어허! 이 친구라니……. 무엄하구나."

"네? 그게 무슨……?"

"예를 갖춰라. 이실리프 마탑주이시자 위저드 로드이시며, 그랜드 마스터이신 분이시다."

"헉……! 네에?"

"아, 아버지 방금 하신 말 진짜예요?"

『전능의 팔찌』 38권에 계속…

FANTASTIC ORIENTAL HEROES

양경 新무협 판타지 소설

樂工
武林

「화산검선」의 작가 양경!
가슴을 울리는 따뜻한 무협이 왔다!

「악공무림」
어린 나이에 할아버지를 여의고
황궁의 악사(樂士)가 된 송현.
그러나 채워질 수 없는 외로움에
궁을 나서고, 그 발걸음은 무림으로 향하는데……

듣는 이의 마음을 울리는, 화음.
악공 송현의 강호유람기가 펼쳐진다!

Book Publishing CHUNGEORAM

유행이 아닌 자유추구 -
WWW.chungeoram.com

용병귀환

유왕 판타지 장편 소설

**수십 년 전, 용병왕의 등장으로 생겨난
왕국과 용병의 세계.
평소엔 한없이 가볍지만 화나면 누구보다 무서운,
놀고먹고 싶은 그가 돌아왔다!**

하지만 바람과는 달리 과거 그의 앙숙과 대륙의 판도는
도저히 그를 놓아주질 않는데……

"용병은 그냥, 돈 받고 칼을 빌려주는 놈들이니까."

그의 용병 철학은 단순했다.

"물론, 누구에게 빌려주느냐가 문제겠지?"